너에게 닿고자 불을 밝힌다

황금알 시인선 198

너에게 닿고자 불을 밝힌다

초판발행일 | 2019년 7월 27일

지은이 | 김시탁 · 김일태 · 민창홍 · 성선경 · 이기영 · 이달균 · 이서린 · 이월춘
펴낸곳 | 도서출판 황금알
펴낸이 | 金永馥
선정위원 | 김영승 · 마종기 · 유안진 · 이수익
주간 | 김영탁
편집실장 | 조경숙
표지디자인 | 칼라박스
주소 | 03088 서울시 종로구 이화장2길 29-3, 104호(동숭동)
전화 | 02)2275-9171
팩스 | 02)2275-9172
이메일 | tibet21@hanmail.net
홈페이지 | http://goldegg21.com
출판등록 | 2003년 03월 26일(제300-2003-230호)

ⓒ2019 김시탁 · 김일태 · 민창홍 · 성선경 · 이기영 · 이달균 · 이서린 · 이월춘
& Gold Egg Publishing Company Printed in Korea

값은 뒤표지에 있습니다.

ISBN 979-11-89205-41-6-03810

너에게 닿고자 불을 밝힌다

시문학연구회 하로동선夏爐冬扇 시집 4

황금알

새롭다고 말하지만 새로울 것 전혀 없는,

'시인은 시로 평가받아야 한다.' 라는 것이

하로동선夏爐冬扇의 시詩 운동이다.

10편의 신작을 통해 얼마나 시적 변화를 가져왔는지를

평가해보는 자리이다.

그러나 우리 지역에서 이런 노력은 좀체 찾아보기 어려운

일이라는 것도 사실이다.

우리는 이런 노력들을 통해

시의 본질에 한 발 더 다가가고자 한다.

제4집부터 이기영 시인이 함께한다.

하로동선에 새로운 힘이 될 것이다.

시문학연구회 하로동선夏爐冬扇 일동

차 례

김시탁

김일태

민창홍

성선경

이기영

이달균

김시탁

경북 봉화 출생
2001년 『문학마을』로 등단
시집 『아름다운 상처』 『봄의 혈액형은 B형이다』
『술 취한 바람을 보았다』 『어제에게 미안하다』
창원시 문화상 수상
경남올해의 젊은 작가상 수상
창원문인협회 회장역임
경남시인협회부회장
경남문인협회부회장
창원예술문화단체총연합회회장

곰탕

출근길에 팔순 노모의 전화를 받았다
애비야 곰탕 한 솥 끓여놨는디 우짤끼고
올 거 같으모 비닐 봉다리 여노코
안 오마 마카 도랑에 쏟아 부삐고

이튿날 승용차로 세 시간을 달려
경북 봉화군 춘양면 본가로 곰탕 가지러 갔다
요 질 큰 기 애비 저 봉다리는 누야 요것은 막내
차 조심혀 잠 오믄 질까 대놓고 눈 좀 붙치고

묵처럼 굳은 곰탕을 스티로폼 박스에 담아오는데
세 시간 내내 어머니가 뒷자리에 앉아 계셨다
차가 흔들릴 때마다 씨그륵 씨그륵 곰탕이 울었다
차 앞 유리창이 부옇다

서 있는 것들

마음을 굽히고 돌아온 날은
서 있는 것들이 먹고 싶다

서 있는 성기 서 있는 소주 서 있는 선인장
서 있는 냉장고 서 있는 당신
서 있는 것들을 먹고 잠들면 꿈도 바짝
발기된다

고개 숙인 새벽이 올 때까지
탱탱하다

실업

공사장 철근공 박 씨
인력사무소에서 돌아와
콩나물 국밥집에서 국밥 먹는다

깍두기 국물을 국밥에 넣고
소주잔 털어 넣는다
녹물 같다

밖에는 철근 같은 빗줄기
땅바닥에 내리꽂히고
콩나물을 씹는데 대가리가
못대가리 같다

스펄 스펄 욕으로 끓는
뚝배기 속 국밥은 참
더럽게 뜨겁다

뜨거워서 고맙다

외등

공간을 휘어서 길을 당겨서
너에게 닿고자 불을 밝힌다
눈먼 사랑 헛발 디딜까 봐
타박타박 오라고 가슴에 단 등
달빛으로 채웠다

먼 데서 오는 사랑아
길목 미리 마중 보낸 마음은
일렁거리는 것도 흔들리는 것도
얼굴 붉게 달아오른 것도 모두
내 고백의 몸짓이다

물 위에 떴거나 나무에 달렸거나
서 있거나 누워 있거나 깜박거리거나
심장의 박동은 그리움의 말씀이다
공간을 휘어서 길을 당겨서라도
너에게 닿고 싶은 몸 밤새 환하다

15 김시탁

이빨과 충치

밀접한 관계가 있기까지 참 더러운 것들과 난잡하게
놀았다

시간을 잘근잘근 씹으면서도 혀가 욕을 만들면 꾸역꾸역
밖으로 밀어냈다

질긴 것들을 녹인 눈물겨운 노력의 결과로
얻은 훈장 하나 가슴에 달고

이빨이 이빨을 위로하는 이빨 사이로 나오는 말이 너무
아프게 슬프다

반납

가려운 등을 긁는 손의 영역이 자꾸 줄어든다
등줄기 저 안쪽으로 미치지 못한다
내 몸도 손이 닿지 못하는 모서리
먼지 앉는 구석이 있는 것이다
아내의 손을 빌려보지만 아내의 손은
닿아도 힘이 없다
가려움 하나 해소하지 못한다
내 몸에 내 손이 닿지 않아
다른 사람의 손을 빌려야 할 때
낡은 고무 호스같이 혈관이 막혀
팔다리가 저려올 때 관절마다 소리를 내며
뼛속까지 황소바람이 기어들 때
비로소 반납해야 할 삶을 생각한다
보송보송한 솜털 같은 시간을 잘 살고
너덜너덜해진 누더기 같은 세월로 갚겠구나
이자도 없이 독촉도 없이 참 잘 썼다
아끼다가도 더러는 헤프게
모자라다가도 가끔은 넘치게
참 잘 살았다 잘 살아서 고맙다

가려운 아내의 등을 긁어주고 나와
담장 모서리에 등을 대고 벅벅 문질렀다
견고한 담장에 맡긴 헐거운 생은 참
시원한데 서산에 걸린 노을이 너무 붉다
피나게 긁은 등줄기 같다

농부

심어놓은 땅콩 모종을 까치가 파먹었다
고민 끝에 다시 심고 그물을 쳤다
떼로 날아온 까치가 그물만 쳐다보다가 날아갔다

그물 안에서 땅콩이 자랐다
그물 안에서 잡초도 자랐다
시간이 지날수록 땅콩보다 잡초가 무성했다

다시 그물을 걷고 잡초를 제거했다
까치가 떼로 날아왔다
고라니도 잎을 뜯었다

농부는 밭둑에 앉아 담배를 피웠다
비가 오려는지 하늘이 시커멓고
철창에 갇힌 개가 컹컹 짖었다

그녀의 고양이

알토란 이파리 위에 몸 섞는 이슬
그런 눈알을 굴리며 밤을 파먹던 이빨
밤새 파먹은 눈알을 새벽에 우르르 쏟아내는
고양이

그녀는 반짝이는 것 보다 번득이는 것을
껌벅이는 것보다 쏘아대는 것을
초저녁보다 새벽을 좋아해

암내로 몰려온 수컷들을
발기발기 찢어버리고 잠들기 좋아
그녀는 고양이를 좋아해

시간의 뼈를 발겨가며
쇄골을 파먹는 그녀의 고양이
달아나거나 혹은 멈춰선 눈부신 야생

정년남자

좀 일어나 봐요
빗자루를 든 아내에게 쫓겨
안방에서 나와 신문을 펴드는데
다시 거실로 나온 아내가
거실도 쓸 건데

앞마당 개집까지 쫓겨나
담배를 피우는데
쓰레받기 비우러 나온 아내가
담배 좀 끊어요 제발

끊는 게 어디 쉬운가
고개 숙인 해바라기 옆에 수숫대
목 잘린 수숫대 왜 안돼 왜 안돼
바람에 흔들린다

치매2

TV 리모컨이 냉장고에서 나오고
애완견 밍키 샴푸로 머리 감고
다시 감은 뒤에 헤어스프레이 두고
에프킬라를 뿌렸다

미세먼지 심한 날 외출해서
마스크 쓴 채 침 뱉었다
안전띠하고 차에서 내리려 하다가
다리 한 짝 두고 문 닫았다

자동차 열쇠 가지러 들어가
휴대폰 두고 오고 휴대폰 가져와서
시동거는데 슬리퍼 차림이다

반찬 다 차려놓고 밥솥 뚜껑 여니
생쌀이다 분명 스위치 눌렀는데
공복으로 서두르는 출근길 훤하다
태극기 펄럭이는 삼일절이다

김 일 태

1998년 『시와시학』 등단

시집 『부처고기』 외 7권

시와시학 젊은시인상

김달진창원문학상

하동문학상, 창원시문화상

경상남도문화상

시민불교문화상 등 수상

현재 경남문인협회 회장

이원수문학관 관장

경남예총부석부회장 등

길을 간다는 것은

세상의 모든 밝은 말
어둔 데서 나오고
바른길도 언제나
꼬불한 길 위에서 만들어졌다

길을 간다는 것은
남의 발자국 위에
제 발자국 없는 일이다

보아라, 야크 발바닥 가진 마사이 사람들
킬리만자로가 내준 거칠고 꼬불한 외길
천천히 천천히
경전처럼 읽으며
오고 간다

낙타풀

제 이름 멍에처럼 걸고
비 한 방울 내리지 않는 사막을 건너는 이들 있다

온몸으로 뜨거운 볕을 받으며
새벽녘 안개로 겨우 목을 적시며
결기처럼 바늘잎 세워
제 스스로를 찌르며
한 자리에서 백 년의 시간 건너는 이들이 있다

돌개바람에 저를 훌쩍 던져 버릴 수도 없는
그믐밤의 서러움으로
천 년 역사를 건너는 이들이 있다

무엇 하나 뭉쳐져 손에 쥐는 것 없는
황야에 낙타의 해진 신발처럼 놓여 있어도
언젠가 꽃이 되리라는
실낱같은 꿈 버리지 않고
이 악물고
사막을 건너는 이들이 있다

천사를 보았다

만년설 보이는 치꼰 산정山頂 에둘러
모라이 유적지 가는 길

엄마가 털실로 짜준
부풀어 오른 검은색 전통치마에 빨간 재킷 입고
잘 땋은 댕기머리 위에 주홍 모자 눌러 쓴
알파카* 눈을 가진 친체로 마을* 세 천사
셋 다섯 일곱 살

살리네라의 따뜻한 소금광산 우물 같은 표정으로
모라이 덮고 있는 하늘의 평화를 조막손에 쥐고
안데스 붉은 태양을 품은 냉동감자 츄노처럼 앉아서
낯선 이방인의 인정사진 모델이 되어주는
가진 것 없어 행복한
검붉은 얼굴에 하얀 이 드러내고 웃으며
해바라기 하는
세 아이천사

* 알파카: 낙타과 동물로 라마류에 속하며 페루 중남부와 볼리비아 서부에
  분포.
* 친체로 마을: 해발 3,900m 안데스 고원의 잉카시대 식량의 보고 친체로
  대평원 인디오의 전통마을.

손을 내밀며

젊었을 적엔
절로 손이 모아졌지
무엇이건 잡고 싶은데 잡히는 것 없어
제 손이라도 잡은 거지

뭐든 겁나지 않던 한때는
호주머니에 손을 넣고 다녔지
내가 뭘 잡고 싶어 하는지
남들에게 들키지 않기 위해서였지

나이가 들어가면서
자꾸 뒷짐을 지게 되지
붙잡을 게 별로 없으니
욕심내지 말라고
오른손은 왼손을 왼손은 오른손을
서로 말리는 것이지

내가 나의 손을 그냥 두어도 될 날 언제쯤일지
요즘은 자꾸 손을 내밀어
내가 나에게 물어보지

눈이 트인다는 것
— 문해대학

개안타 개안타
모르는 게 뭔 죄라고 하면서도
죄짓고 들킨 사람처럼
서류만 보면 숨고 싶었다는데
글 깨친 뒤 투표하는 날
내가 뽑고 싶은 사람 알아보고
그 옆 빈칸에 자신 있게
도장 꾹꾹 눌러 찍고 나오니
닫혀 있던 눈 열리듯
앞날까지 환해지는 것 같다는
또순이 할머니
세상살이 밑줄 긋고 싶은 시간들
동그라미 치고 싶은 일들 얼마나 많은데
호두알 속같이 숨어있는 삶의 명문장들 얼마나 많은데
제대로 세상을 읽지 못해
떠나보낸 시간들 얼마나 많은데
겁먹고 애써 피한 것들 어디 한둘이랴

뻥
— 문해대학

재래시장에서 뻥튀기 장사 한다는 길수 어른
글 배우기 전에는
없이 살면서 거짓 큰소리치는 듯해
마음 졸았는데
글 배우고 나서는 뻥뻥 터트릴 때마다
제 꿈을 튀기는 것 같아
행복하다고

피해 다니지 않고
각을 세워 서로 상처 줄 필요도 없이
외롬도 뻥 설움도 뻥 억울함도 뻥뻥
별꽃 같은 착한 엄살로
몇 차례 세상 걷어차고 보면
이만큼이라도 주어진 사랑
절로 고마워진다고

낙선

오른쪽의 반대는
왼쪽이 아니라
오르지 못한 쪽이거나
내린 쪽이다

월아천*에서

흐름을 접고
숨어 우는 강을 보았네
눈물 괸 눈자위가 초승달 닮은

쌍봉낙타 길동무하여 고비 건너던
착한 장사치와 수행자 발자국들
모두 바람의 역사 너머로 날려 보내고
이천 년의 기쁘고 애달픈 기억 담고 있는
마른 강을 보았네

고해의 시간 감추려
모래 켜켜이 허무의 성 둘러도
울어 줄 일없으면 눈물은 마르는 법이라
명월각은 달빛을 담지 못하고
청뇌현엔 하늘소리 대신 고함소리만 가득하였네

그 옛날 낙다 울음을 기억하는
명사산 모래 알갱이들
오색으로 구르며 말했네

낙타풀 같은 고요와 적막 품고
가슴속 불 다시 살리지 않는 한
천하제일 샘은 소원할 거라고

* 중국 감숙성 돈황지역 이름난 관광지.

한혈마*에게

심산이 가로막는다고 어찌 가던 길 멈추랴
쿤룬에서 발원하여
일만오천 리 먼 길 쉼 없이 흐르는
어머니의 강 황하처럼
붉은 영혼을 품고
달빛을 채찍 삼아 별빛을 지도 삼아
역사를 재갈로 물고
광야를 바람같이 달렸던 그대여
붉은 땀 마를 날 없이
그대 속에서 구비 쳤던 한 시대
유라시아 비단길 고비의 소금길
어디로 사라져 가고
퇴색한 갈기 같은
돈황 막고굴 천 년의 상처 위로
지금 모래바람만 일고 있느냐

* 한혈마: 붉은 땀이 흐르도록 오래 잘 달린다는 페르시아 말과 몽골 말의
  교잡종.

달달한 봄날

첫돌 지난 손자 아이가 제 엄마에게
'찌찌'라 말하며 아무거나 취하려 덤비자
제 엄마는 '지지'라며 말린다
세상에 태어나 삶을 포기할 때까지 탐해야 하는 '찌찌'와
맨 먼저 배워서 맨 나중까지 지니고 가야 할 '지지'
그사이 좁히는 일이
평생 걸린다는 걸 모르는 아이는 자꾸 보채고
아직 젊은 제 어미는 어른들 앞에서 어쩔 줄 모른다
이르고자 하는 마음 쌓이면 짤이 난다는 걸 눈치챈 어
미는
짤이 나기 전에 욕심을 버려야 한다고
거듭거듭 타이르지만
이 세상 모든 '지지'가 '찌찌' 때문이라는 걸 아직 알지
못하는
아이도 완강하여
서로 실랑이가 길어지는
달달한 봄날

민창홍

1960년 충남 공주 출생
1998년 『시의나라』, 2012년 『문학청춘』 등단
시집 『금강을 꿈꾸며』 『닭과 코스모스』 『캥거루 백을 멘 남자』
서사시집 『마산 성요셉 성당』
경남 올해의 젊은 작가상 수상
2015 세종도서 나눔 우수도서 선정
문학청춘작가회 회장
경상남도문인협회 부회장

고비考備*

먼지 덮인 책이 널브러져 있는 방
삐걱거리는 의자에 앉아
오래된 편지를 읽는다

고비사막 모래바람 앞을 막는다
눈썹에 쌓이는 알갱이
모래 속에서 숨죽이는 전갈의 독침

한때는 정의였다고 책은 호통치는데
굽은 길로만 갈 수밖에 없는 감정들
십자로에서 방향을 잃고
좌절하며 절규하다 쓰러져
낮게 미로로 빠져들던 밤

문턱을 넘지 못하고 흐르는 식은땀
까치는 이따금 짖어대고
무질서하게 밀려오는 생각들

고비古碑는 비바람에 글자를 잃고

아, 아, 아, 무엇이지, 누구이지
잠이 깬다

하늘부터 바라보아야 하는 아침이다
그래, 그래
매캐한 향기 머금고 갇혀 지낸 어둠이었지
고통을 꽂아 넣어도 좋을 창문
맑게 비어 있는 고비考備

* 고비考備: 방이나 마루의 벽에 걸어놓고 편지나 간단한 종이말이 같은
  것을 꽂아두는 실내용 세간.

어머니의 날씨

핸드폰이 진저리를 치더니
손이 갈 틈도 주지 않고 이내 멈춘다
잘못 걸려온 것이겠지
사무실 책상에서 멋쩍어하는 기계
발신자를 보여준다

어머니 날씨는 오늘 슬프거나 기쁘다
오직 이런 날씨에만 전화가 오고
창밖에는 햇살이 화사하다
짧은 시간도 기다릴 여유가 없다
해가 지면 안 된다, 끊어야 한다

걱정되어 바로 전화를 걸면
다짜고짜 우리 큰아들 보고 싶단다
주렁주렁 매달린 녀석들 캐내는
기억 속 땅콩밭에 앉아
젊은 날 감성 찾아 헤매는 중

아들이 바쁠 거라는 추측은 핑계

수화기 저쪽 멀게 흐느끼는 빗소리
전화 요금은 아들이 내고
절약은 어머니가 한다
변덕스러운 봄날 오후, 맑음

골목, 기울어진 등燈

돌고 돌다 울고 있었지
젓가락에 걸쳐진 파김치 같은 전깃줄
담벼락에 붙은 담쟁이 넝쿨 잡아채다
달무리가 되어 기울어진 등
밤마다 너는 나를 보고
나는 너를 보면서 안타까워했지
버선코 기와지붕 다듬고 다듬어
박꽃이었다가 안개꽃이었다가 눈꽃이었다가
가랑비가 하루살이로 네 앞에서 슬프게 죽어갈 때
가난을 투정하면서 정이 든 여기
두 갈래의 길이 나올 때마다 결정을 해야 했지
어린 시절 개발새발 그려놓은 그림들
추적추적 내리는 술 취한 그림자
늪 같은 사랑의 깊이에 빠져
길을 잃고 밤새 돌고 돌았지
아무 일 없을 거라는 편안함으로 키스를 했지
도란도란 연인들의 소리에 밤이 새고
강아지가 짖어도 너는 환하게 웃고 있었지
그때는 그랬다고

이름에 대한 생각

동인회 모임에서 서로가 이름 부르기가 그러니
장성한 아이들 앞에서 이름 부르기도 그러니
늙어가는 처지에 다른 사람 듣기에도 그러니
품격에 맞는 이름 하나 갖는 것도 괜찮은 거라고 그러니

차와 커피를 좋아하던 학창시절에 청다靑茶라고
내 의지와 관계없는 이름 친구들이 붙여 주었는데
커피나 차를 많이 마시라는 것인지
차를 마시며 생각을 많이 하면서 살라는 것인지

아들 장가보내놓고 손자 이름부터 지었다고 하는 조부
술자리에서 손자 이름 자랑하였더니
집안 어른 자기 손자에게 가져가고
다른 이름 지어놓고 기다리니 또 가져가고
섭섭한 마음에 작명을 포기할 즈음
3년 만에 안아본 장손자
밤잠 설치며 지었다는 내 이름
창대하게 물 맑은 큰 인물 되라

선배 시인은 평소 내 품성에 맞추었다며
은은한 달빛이 비추는 집, 월재月齋가 어떤가
세상을 비추는 시 한 편 남겨야 안 되겠나
낯설기만 한 또 하나의 이름

퇴계退溪나 율곡栗谷 같은 학자이거나
송강松江이나 고산孤山 같은 문인이거나
포은圃隱이나 매죽헌梅竹軒 같은 절개 있는 신하이거나
감히 이름을 부르지 못하는 높은 경지 우러러
다른 이름 하나쯤 더 갖는 것이라고

가령 아름다운 여자는 성격도 좋을 것 같고
잘 생긴 남자는 능력도 많을 것 같은
그래서 다른 이름 하나 더 가진 사람은 적어도
삶의 모범이 되어야 할 것만 같은
역사에 길이 남을 인물일 것만 같은 편견

오래도록 나를 지배해오며
치기 어린 흉내로 지어진 이름 한 번씩 불러 주어도

내 발에 맞지 않는 구두처럼 나를 조여 왔는데
이제 환갑이 되는 나이이니
호號 하나쯤 있어도 괜찮을 거라는 조언

잠자기 전의 커피 한 잔은 마약처럼 감미롭고
달빛에 취해 술 한잔 거나하게 하고 싶은 집
이름의 또 다른 이름
어느 것이면 어쩌랴, 정겨우면 되는 것
잊히지 않고 불리면 되는 것

패러글라이딩

우리는 그날 우연히 맥주잔 앞에서 하늘을 날아야 한
다고 외쳤지 날개가 필요했던 거야 밤마다 겨드랑이의
솜털을 휘날리며 연습을 했지 그리고 산꼭대기에서 창
공을 향해 두 팔 벌리고 뛰어 보았지 날기는커녕 곧바로
계곡으로 추락하는 거야 옷이 찢어지고 얼굴에 피가 흘
렀지 우리들의 젊음이 너무 무거웠나 봐

소백산 자락, 남한강 건너편에 핀 무지개를 본 적이
있지 패러글라이딩을 하는 사람이 무지개를 잡고 있었
지 우리는 무지개를 잡는 꿈에 부풀어 가슴이 터지는 줄
알았지 하늘을 날며 푸른 산과 계곡, 굽이굽이 흐르는
강을 크게 멀리 보고 싶었지

우리는 매일 술을 마시며 패러글라이딩을 하기로 하였
지 무지개를 꼭 잡아야 한다고 했지 기구를 탐색하고 가
격을 따지고 어떤 교육이 필요한지에 대해 논의했지 곧
하늘을 날 것 같았어 우리는 못 할 것 없는 젊음이 꿈틀
대고 있었거든 그러나 날지 못하고 계속 추락하는 거야
우리는 지쳐갔지 한 번도 패러글라이더를 등에 매보지

못하고 흰머리 날리면서 단양 팔경을 바라보고 있었지
왜 추락하는지 모르는 시간이었지

몸무게를 줄이면 날 수 있을까

겨드랑이털을 키우면 날 수 있을까

잔 위에 고여 있는 욕망을 걷어내면 날 수 있는 것일까

맥주잔 속에 침몰한 꿈의 잔해는 30년 동안 생각의 무
게에 눌려 있었던 거야
우리는 거품을 걷어내고 맥주를 마시기로 했지

웰 다잉Well dying

죽는 것도 교육이 필요하단다
학창시절 지독하게 하기 싫었던 공부
다시 시작하는 날

미술관 이곳저곳 허둥대던 은행잎 따라
화령전 작약* 앞에 섰다

운명 같은 사주가 정말 있는 것일까
강물에 자식을 실어 보낸 수원댁의 푸념
생각나지 않는 친구를 꽃 속에서 떠올리게 되고

화려한 작약과 전각
적록의 강렬한 색채가 당기는 힘
이웃 그림들 사이에서 당당하다

죽고 싶어도 쉽게 죽을 수 없고
살고 싶어도 쉽게 살 수 없는
밤이 아직 멀리 있는 노을 앞에서

산사의 추녀 끝에 혼자서 흔들리는
풍경 같은 조명 아래
작약은 향기를 내지 못한다

앞서가던 그대가 저만치서 뒤돌아보며 들려준
너스레로 머무는 실루엣 같은 삶
좌충우돌 정열의 꽃이 되고 싶었을까

아무나 출입을 허락하지 않는 곳에
나의 것 하나둘 버리는 연습
화령전 앞 작약, 너무 많이 피어서 슬프다

* 화령전 작약: 나혜석의 그림.

밥 먹은 것 같지 않다

여학생 간부수련회
리더십 특강 하러 온 나
여학생들이 가장 좋아하는
점심밥을 준다기에 기다렸더니
피자와 통닭 튀김이란다
밥 먹는 것 같지 않다
그것도 점심이라고
맛있게 한쪽씩 입에 넣는다
일 년에 두 번 명절에만 먹던 고기
소도 아니고 돼지도 아니고 닭이었던 날
하얀 쌀 반쯤 섞인 밥 정신없이 퍼 넣어야
밥 먹었다고 자부하던 시절 꼼지락거리는데
고기가 밥이라니
밥 먹은 것 같지 않다
때가 되면 곡기가 들어가야 한다던
할머니 말씀은 뱃속에서 꼬르륵하고
아무리 생각해도
피자와 통닭은 밥이 되지 않는다
배는 부르되 배가 고픈 오후
밥 먹은 것 같지 않다

관음觀淫의 봄

활짝 핀 벚꽃, 부끄럽지 않은지

속을 환하게 드러내고 웃는다

보이고 싶지 않은 저 깊은 곳

벌들이 정신줄을 놓고 애무한다

오르가즘을 하늘에 뿌리는 흥분한 꽃잎들

놓칠세라, 몰카를 들이대고 찍어 나르고

벌들은 꽃의 애액 묻힌 채 놀라 달아난다

하얗게 떨어지다 새하얗게 날아가는 사랑

넋 놓고 바라보는 은밀함이여

버엇고-웃

벗고 옷

까치와 아버지

아버지는 감나무를 내리칠 듯 장대 들고
까치는 떼로 앉아 깍깍거리고

먼 산 위에 뜬 태양인지
푸른 하늘에 뜬 홍시인지
늦잠에서 깬 대청마루가 눈곱을 뜯고

없던 시절에도 때깔만은 영국신사 같았던 녀석들
동네가 떠나갈 듯 짖어댄다

몇 개 안 달린 홍시
못 먹는 감 찍어나 보는 심보로구나
팔순의 노인은 장대로 하나 따겠다고 하고

포수의 총알보다 빠르게
낚아채는 장대 끝 망태기

까치는 물러서지 않고
돌팔매를 만류하는 아버지

내년엔 많이 열거라
저것들도 실컷 먹게

순정영화

　남녀는 철길을 걸으며 슬그머니 교복 입은 손을 잡는
다 학생주임 눈을 피해 몰래 본 홍콩 영화는 비가 내리
고 있었지 가끔은 물풍선처럼 하늘에 구명이 나기도 했
지 남녀가 사생 결투하는데 마지막 여자는 옷이 찢기며
칼을 떨어뜨리고 비가 내렸지 영화관에는 비가 참 많이
도 왔지 칼을 던지고 안아주는 남자, 어둠 속에서 알 수
없는 음악이 쿵쾅거렸지 말없이 손을 잡고 긴 머리카락
날리며 강가를 걸어가는 남녀의 입맞춤, 얼굴이 붉어졌
지 '사귀자'는 단어도 찾지 못하고 흔한 입맞춤도 없는데
가슴이 뛰고 설레였지 영화관을 나온 젊은 남녀는 팔짱
끼고 번화가 불빛 속으로 떠났지 사라진 남녀의 뒤에 남
은 나, 영화 속 장면처럼 철길 공원을 향한다 나이를 먹
어가는 것일까

성 선 경

1988년 한국일보 신춘문예 등단
시집 『아이야! 저기 솜사탕 하나 집어줄까?』
『까마중이 머루 알처럼 까맣게 익어갈 때』
『파랑은 어디서 왔나』『봄, 풋가지行 』『진경산수』 외 다수
시선집 『돌아갈 수 없는 숲』
시작에세이 『뿔 달린 낙타를 타고』
산문집 『물칸나를 생각함』
동요집 『똥뫼산에 사는 여우(작곡 서영수)』
고산문학대상, 경남문학상, 마산시문화상 등 수상

적막 상점 11

세상사는 일이란
밥상을 차려내는 것
고봉으로 한 상 차려내는 것
너에게서나 나에게서나
우리 사는 일이란, 밥 퍼다 밥 퍼다
고봉으로 담아 한 상 차려내는 일
개울만 건너도 다 손님이라는데
한 상에 올린 밥, 이 얼마나 거룩하냐?
한 상에 둘러앉으면
우리는 다 한 식구 아니냐?
자! 모두 이 밥상 앞에 모여라
너에게서나 나에게서나
우리 사는 일이란 결국
밥 한 상을 차려내는 일
참, 밥 퍼는 일
참, 바쁘다, 바쁘다.

적막 상점 12

모든 것을 끌어다
풍경으로 배치하는 다솔多率
배경은 편안한 와불臥佛
풍경이 시선을 끌어당겨
풀잎 끝의 이슬 같은 마음에 맺힌다
온몸에 기름을 붓고 부처님 전에 소신공양
등신불等身佛이 된 저 마음은 어디서 끌어왔나?
마음이 맺힌 곳에 작은 부도탑 하나
마음의 눈을 돌리면 모두가 진신眞身이다
나도 온몸에 기름을 붓고
소신공양, 등신等身이 되고 싶은 이 마음
또 어떤 시선이 끌어당겨 맺힌 이슬인가?
나는 어떤 풍경에 끌려와
여기 이 자리에 맺혔나?
만해萬海도 동리東里도 다 마음에 와 맺혀
배경이 풍경을 만드는 봉명산鳳鳴山 자락
나는 또 어떤 풍경에 끌려와
여기 이 자리에 배경으로 맺혔나?
소신공양, 등신等身이 되고 싶은

내 이 마음은 또 어떤 시선이 끌어당긴 배경인가?
풀잎 끝의 내 마음조차 이슬로 맺힌다
서룬 마음 울어 울어 봉명 다솔鳳鳴 多率.

적막 상점 13

세상은 그렇게 단순하지가 않아
철없는 길양이는 쓰레기봉지만 보면
일단 찢어 보지만, 찢고 보지만
찢으면 일용할 양식이 풍성할 것 같지만
세상은 그렇게 단순하지가 않아
너는 냄새 하나로 세상을 다 아는 것처럼
봉지만 보면, 봉지를 찢고 보지만
봉지 안에 또 봉지
봉지 안에 또 봉지
길양이처럼 너도
냄새 하나로 쉽게 벌어먹으려고 하지만
세상에는 그렇게 쉬운 공짜는 없지
찢어도 봉지 안에 또 봉지
찢어도 봉지 안에 또 봉지
내가 살아온 세상을 말하자면 공짜는 없어
세상은 그렇게 단순하지가 않아
늘 봉지 안에 또 봉지
늘 봉지 안에 또 봉지
먹거리는 꽁꽁 쳐 매어도 냄새가 나듯이

세상에 뚫어야 하는 관문은 문안에 또 문
문안에 또 문, 길양이처럼
너는 냄새 하나로 세상을 다 아는 것같이
냄새만 맡으면 일단 찢고 보지만.

적막 상점 14

책을 읽다가 소금을 먹는다
싱거운 속을 달래려 소금을 먹는다
술을 마시다 소금을 먹는다
간이 맞아야 해, 소금을 먹는다
삼겹살을 먹을 때처럼 듬뿍 찍어
먹는다, 아무리 히죽히죽
인생을 산다고 해도 인생은 간이지! 암,
간이 맞아야 해, 소금을 먹는다
문어숙회를 먹을 때처럼 듬뿍
찍어 먹는다, 아무리 살기 편한
세상을 산다 해도 인생은
간이 맞아야 해, 소금을 먹는다
싱거운 속을 달래려 소금을 먹는다
돼지수육을 먹을 때처럼 듬뿍 찍어
싱거운 속을 달래려 소금을 먹는다
책을 읽다가 소금을 먹는다
술을 마시다 소금을 먹는다
말에도 글에도 간이 배여야지
간이 맞아야 해, 소금을 먹는다
암! 인생은 간이지.

적막 상점 15

나는 나만의 절벽으로
그대는 그대만의 물결로
가 닿고 싶다는 생각의 끝
수평선은 저만치 멀어
삼백예순날 철썩이는 파도

오늘도 어제처럼 등댓불이 켜지고

왼손이 오른손을 가만히 쓰다듬다
오른손이 왼손을 가만히 쓰다듬고

나는 나만의 절벽으로
그대는 그대만의 물결로
가 닿고 싶다는 생각의 끝이
삼백예순날 철썩거려
조금은 쓸쓸한 오늘의 가슴께는
수평선처럼 저만치 멀고

부부는 먼 손을 잡아 끌어당겨

하루의 해를 걷는다
저녁노을을 빈한貧寒의 이불로 삼아
지친 어깨를 가만히 묻는다.

적막 상점 16

삶이란,
검은 보자기를 확 열어젖히면
콩나물시루 속의 콩나물들이
두 손을 머리 위에
주먹 쥐고 와와와
손뼉 치며 와와와
콩나물시루 속의 콩나물들처럼
두 손을 머리 위에 와와와
사람 한 생애生涯란
검은 보자기를 확 열어젖히면
그저 주먹 쥐고 손뼉 치며
와와와.

적막 상점 17

매화꽃 지고 나면 매실梅實이 연다는데
매화도 아니 피고 매실梅實도 어딜 가고
한평생 돈 벌어 온 평생 빚만 갚아
다 살고 남은 거란 아들 하나 딸 하나
등 굽은 아내와 다 기운 집 한 채
꽃도 어디 없고 열매도 어디 없는
어디 이 삶이 검불이냐? 금불金佛이냐?
밤나무 참나무 상수리도 온 여름 잎을 피워
그 그늘에도 또 한세상이 숨어 있다고
가을이라 단풍들고 바람 불어 낙엽 지면
다람쥐 청설모 도토리가 서너 된데
한평생 돈을 벌어 온 평생 빚만 갚아
꽃도 아니 피고 알찬 도토리 한 되도 없는
허업虛業의 이것이 금불金佛이냐? 검불이냐?
다 살고 남은 거란 아들 하나 딸 하나
등 굽은 아내와 다 기운 집 한 채
이 그늘에도 한세상이 또 숨어 있다고 허허거리는
이 삶이 어디 검불이냐? 금불金佛이냐?

적막 상점 18

한 생각의 목숨이 끝끝내 다하면
돌이 되어 영겁에서 빛난다
항아리에 담긴 한 줌의 쌀
나는 종종 영혼의 메아리를 듣느니
귀를 곧추세우면 눈앞에의
부도탑이 종소리를 내곤 한다
낡은 구두의 뒷굽처럼
내 얼마나 걸어왔나?
바다가 없는 마을에서 태어나
장가를 들고 아이를 낳고도
바다가 그리워 우는 사내들처럼
책장에 꽂힌 책들은
늙은 활자活字들을 껴안고
행간行間 속에서 울고 있다
한 생각의 목숨이 끝끝내 다하면
돌이 되어 영겁에서 빛난다
항아리에 담긴 한 줌의 쌀에서
종종 나는 영혼의 메아리를 듣느니.

적막 상점 19

카페 밑에 가면 밤의 방이 있다
담배를 피워 물면
구름이 달빛을 빨아들이듯
내가 빨려들어 가는 밤의 방이 있다
어둠이 모든 사물을 빨아들이듯
혹, 시간이 기억을 빨아들이듯
나도 모르게 내가 빨려들어 간다
스펀지처럼 나도 모르는 사이 내가
빨려들어 간다, 밤의 방에서는
빛이 어둠을 지우고 그림자를 낳듯 담배가
낮의 기억을 낳는다, 밤이 낮의 기억을 낳는다
금세 태어났다 금세 사라지는 기억들
지워진 기억처럼 모든 하수구는
아래로 향해 있지만
밤의 하수구는 위로 향해 있다
빛이 어둠을 낳고 어둠이 빛을 낳듯
카페 밑에 가면 하수구기 위로 향한
밤의 방이 있다, 담배를 피워 물면
낮의 기억을 빨아들이는 하수구가

위로 향한 밤의 방이 있다
혹, 시간이 기억을 빨아들이듯
나도 모르게 내가 빨려들어 가는 방이 있다.

적막 상점 20

가을 하늘이 뭉게뭉게
구름을 먹고 또 구름을 낳는다
이제 시월도 넘어가는 하순下旬
강원도 인제군 원대리 자작나무숲
경북 봉화군 만수산 금강소나무숲
절후節候도 찬 기운을 먹고 서리를 낳아
흰 구름처럼, 이제 곧 사람들도 모두
두껍고 두꺼운 외투를 찾게 되리라
모든 기억은 새가 되어 날아가고
이제 곧 논밭이 눈밭이 되리라
겨울이 함박함박 함박눈을 불러와
자작나무 소나무가지 뚝 뚝
부러지는 소리
듣게 되리라.

이기영

2013년 『열린시학』으로 등단
시집 『부에나 비스타 소셜 클럽』
2016년 전국계간지우수작품상 수상
2018년 제14회 김달진창원문학상 수상

상식의 시대

부재는 다시 부재가 된다는 가정을 떠올린다

어는지 녹는지 모르는 말투에서
밖에 미처 들이지 못한 신발이 다 젖는다

군내 나는 밑창까지 스며든 빗물과
조금 전이나 아까로 바뀐 내일과

소나기가 쏟아진 흘러가는 광장을 철벅거리며
건너야 할 결심은 이미 다 젖었다

한껏 추운 날씨는
안녕이라고 손을 내민 다정을 외면한다

자기 최면은 이미 방향을 잃었다

나침반 바늘이 계속해서 흔들린다

수면안대

오래 비워둔 방에선 석유 냄새가 났고

고양이가 온몸을 말아 웅크린 자세로 잠이 들었다
고양이의 잠은 수맥이 흐르지 않는 중심

나는 우물처럼 어둡고 오래 차가워서
닿을 수 없는 깊이인 채로

네가 좋아한 고양이,
네가 문 앞에 그려놓은 쇠비름꽃,
네가 가지고 떠나버린 헐렁한 연민을

무덤을 도굴하는 심정으로 꺼내보았다

왜, 라는 질문이 파헤친 손으로
아니야, 라는 대답이 파묻은 손으로

입을 틀어막아도 기어코 역류하는 몸을 다시 덮었다

꿈에 내가 나를 불렀다

이 세상에서 하루를 또 폐기한 사람들이
다시 어두워지기로 작정한 것처럼

잠복

너와 나는
서로의 상처에서
영문도 모른 채 달라붙는 피딱지 같아
얼마 동안은
딱딱하게 굳은 기분을 덮어두려고
서로가 서로에게 다정하지

문을 닫으면 감쪽같이 사라지는 미궁,
들키고 싶지 않은 비밀이 마음껏 고여 있도록

휘발해버렸으면 싶은 쓸모없는 안간힘과
그밖에 망설이고 있는 최소한의 관계에 빗장을 걸지

곪아서 더 깊이 파묻히기 전에
내 몸에 안전하게 새겨지기 전에

나는 비현실적으로 자라는 속엣말을 삼키고
너는 고개를 돌리고 우리는 눈을 감지

73 이기영

이미 차갑게 식어버린 입술들은
계속해서 잠수 중이고

논픽션

수혈이라는 말이 바늘에 찔린다

누군가에게 내맡긴 아픔은 이미 통증의 영역을 벗어나
있어
아무 짓도 하지 못하는데

이곳은 절름거리는 불가침의 영토,

아주 조금 남아있는 체면이 소독약에 삭제되면
제 맘대로 움직일 수 없는 몸뚱어리를 있는 대로 저주
하게 되는 곳

각각의 진통이 다른 통증까지 마비시키고
중환자들과 몇 방울의 진통제가
최후의 딜을 위해 통제구역을 점령하면

악몽과 이미 죽은 뉴스들이 바닥을 친다
곁에 남아있던 타인은 온전히 남이 되고

이제 그만 나를 놓아주세요

모른 척의 모스 부호

어디에다 터트려줄까
기왕 맡은 악역인데

꺽꺽대다가 주루룩 쏟아진 좁고 긴 통로를 벗어나면서
완성될 수 없는 것들이 몇 번이고 만져진다

미적지근한 자책과 변명으로 버무린 유치한 혼잣말

덮을수록 딱딱하게 굳어가는 내 안의 콘크리트 구조물이
함부로 속속들이 비치는 표정을 완성한다

버려진 것들끼리는 돌아서면서 얼굴을 감추고
끈적끈적한 뒷모습을 기꺼이 공유하리
더듬거려도 만져지지 않는 갈증과

기억하니?

아무것도 낭비하지 않았는데
생살을 뚫고 나온 공범은 아무리 물어뜯어도

자백을 받을 수 없다는 것을
스스로는 몰락하지 않는다는 것을

딱딱하게 굳어버린 눈물이
살아있는 몸을 뚫고 계속해서 자란다

아홉 시

아픈 입 아픈 귀 달아날 수 없는 링거병을 주렁주렁 매
달고 각각의 통증을 달고 가만히 내려앉는 우리들의 밤
아홉 시 저 뉴스 다 끝나면 다시 혼자가 되겠구나 나는,
몸 안 깊은 곳까지 바람을 한주먹씩 쓸어 담고 다녀 머
리로는 네 발로 버티는데 마음은 이미 튕겨 나가 머리도
손발도 몸도 없이 다만 휘청거리는 소리 하나만 가지고
기꺼이 멀리 아주 멀리 오래전부터 선호하던 이 고전적
방식을 기꺼이 숭배하지 걱정 마요 상처는 곧 피딱지 아
래 묻힐 테고 이 세계는 평온할 테니 저 피비린내는 그
저 화면 안에서만 존재할 테니 나와는 상관없으니 아무
는 시간 아래 반감기를 가진 흔적만 감쪽같다면 우리 아
홉 시는 매일 잊힐 거에요 다시 아홉 시가 아픈 입 아픈
귀를 가지고 찾아온다고 해도 우리들의 아홉 시는 언제
나 멀쩡할 거에요 그러니 슬퍼 마요

회색 컬러

창밖에는 잎 하나도 달지 않은 나무 한 그루

나무는 가장 추운 방식으로
눈보라와 마주하지

그러나
봄을 향해 숨겨둔 파일들이 나무의 품격이다

딸깍, 딸깍, 저장해둔 파일을 하나씩 열면 그때
2월과 7월
날아가는 새의 깃털보다 가벼이
멀어져 간 사람들이 나타난다

어쩌다 12월까지
그들을 위해 무성하던 날들이 밑줄 하나씩 그어놓고
사라지고

이제 그만 블랙박스를 버려야겠어

숨결도 오랜 연애의 끝처럼 한없이 길어지는 이 악몽

한사코 등 떠미는 벼랑을 증오했는데
계속해서 불면에 시달리는 밤들을 목 조르며 견뎠는데

그래, 커피는 이미 식었고
아무 곳이나 들이받는 바람들

이리저리 휩쓸려 떠도는 것들은 여전히 시끄럽지

설원雪願

1인칭으로 시작하였다가 어느 사이 3인칭이었다가 다시
1인칭으로 돌아갈 즈음에

눈송이 하나가
더 이상 쌓이지도 얼어붙지도 않으면
그 하나처럼
끝내 아무도 모르게 사라져도 서럽지 않지

그곳은 다시 다른 하나가 와서 수도 없이 채워질 테니

눈송이들이 서로를 껴안아
언 몸들을 따뜻하게 녹여주겠지

아무리 추워도 춥지 않고
서로가 서로를 녹여서 눈물로 남겠지

그러니 비극인지 해피엔딩인지 결말은 내버려둬
눈부시게 빛난 한때가 거기 있었을 뿐이니
곧 잊힐 테니

분꽃

자화상을 완성한 마지막 주문과 함께
꽃이 깨어났고 그때,
우는 사람이 보였어요

감출 수 없는 지점에 다다라
우리가 사랑하기 시작한
그 모든 떨림 때문이라는 걸 알았어요

한편으로 시끄럽고 한편으론 또 감각적인데
어설프게라도 아무 대답이나 주고받았더라면
뙤약볕을 견디며 천천히 느리게 근사한 빛깔을 만들어
가는 열매가
아직은 많이 남았을 텐데

떨림이 멎자 갑자기 우는 사람이 떠났어요

꽃잎 지고 있는 그 끝에
때 묻은 시간을 묻었어요
그리고 내 안의 모든 것을 녹여

울음의 입구를 막아버렸어요

아직 흘릴 눈물 남았나요, 당신

판화 834
— 파인텍 고공농성이 끝난 날

세 남자가 굴뚝으로 올라가고 매일
저녁노을이 핏빛보다 더 붉은 만장을 펼쳐 보였다
상두 소리를 끌고 가는 울음들
사백팔 일에 사백이십육 일을 더해도
그치질 않았다
두 남자가 밀어버린 사다리를
다시 놓고 더 높은 사다리를 다시 놓고도
내려오지 못하는 지상에는
밤마다 땅이 한 뼘씩 더 꺼졌다
밤마다 불이 하나씩 더 켜졌다
굴뚝은 계속해서 하늘에 닿고
이제 그만 울어
지상에 모든 불이 켜졌을 때
마침내 그들이 내려왔다

한 장의 판화가 834번째를 찍어낸 뒤에

이달균

1957년 경남 함안 출생
1987년 시집『南海行』『지평』으로 문단 활동 시작
시집『늙은 사자』『문자의 파편』『말뚝이 가라사대』
『장롱의 말』『북행열차를 타고』『南海行』등
현대가사시집『열두 공방 열두 고개』
영화에세이집『영화, 포장마차에서의 즐거운 수다』
중앙시조대상 및 신인상
조운문학상, 경상남도 문화상
경남문학상 외 수상

고흐
— 자화상

그날은 늘 보던 태양이 아니었다
환청인 듯 들려오는 집시들의 광시곡
조용히
귀를 잘랐다
하늘이 흔들렸다

밀밭엔 까마귀와 불타는 측백나무
캔버스엔 흩뿌려진 물감이며 핏자국
가만히
나를 앉혀놓고
자화상을 그렸다

외조부 연계선생 장례일

자존심으로 버티던 제실과 은행나무
멎었다 이어지는 조문객들의 곡소리
햇살은 오후의 권태를 뿌리치지 못했다

상여가 부산히 단장되던 동안에도
한사코 제상의 떡을 집어 먹던 외사촌 형
무심코 바라본 하늘은 강물처럼 깊었다

지관의 부름에 따라 만장이 태워질 때
형은 웃통 벗고 이리저리 날뛰었다
"끌끌끌, 정신 나간 놈!" 누가 혀를 찼다

연화열도蓮花列島 지나며

남으로 달려오던 소백은 허기져
욕지도 인근에서 그예 드러누웠다
열도의 지치고 지친 등뼈가 외롭다

벗이여 옹이 맺힌 노래를 어쩔거나
찢겨 우는 바람의 생채기를 어쩔거나
자욱한 해무 속에서 그만 줄을 놓아라

부질없는 약속과 이름을 지우고
바다에 곤두박힌 유성처럼 아득히
욕망의 수첩에 적힌 별자리도 지워라

봄 간다 섬섬옥수, 썰물도 쓸려간다
절창의 가락 속에 꽃 진다 하염없이
심해에 닿을 수 없는 저 일몰의 낙화여

망연자실茫然自失

　창선 가는 버스는 고장이 났는데, 만날 이도 못 만나
고 빈손으로 되 오는데, 고깃배 탄다는 이가 자꾸만 말
을 건다

　요새는 바다도 예전만 못하단 둥, 뱃일할 사람이 줄어
서 큰일이란 둥, 배운 게 도둑질이라 이러구 있다는 둥

　궁시렁 궁시렁 하루해가 저무는데, 허기진 금남호는
저 먼저 떠나는데, 한동안 개 한 마리와 우두커니 서 있
는데

　멀리서 핼쓱한 발전소 불빛이 날 위로 한답시고 마실
을 나온다 하늘엔 비행기 한 마리 졸다 깨다 떠가는데

생태학 교과서

지난날 녀석은 분배를 청해왔다
목적은 종족보존 절체절명의 화두
그러나 난 그 간청을 단호히 거부했다

녀석의 애걸복걸이 마음에 걸렸지만
하룻밤의 단잠과 바꿀 수는 없었다
그리곤 온도가 다른 개체가 되고 말았다

저장고의 쪽문을 조금만 열었다면
피를 함께 나눈 동류가 되었다면
오늘날 생태학 교과서는 어떻게 바뀌었을까

감은사지의 봄

깨어라 깨어나라며 봄비 낮게 내린다 천 년의 침묵 속에서 속잎 트는 꼭두서니 연둣빛 여린 조금사리 피리 소리로 스민다

댓잎이 댓잎을 쳐 바람을 일으키고 물결이 물결을 쳐 산조의 현을 고른다 짐승들 노니는 소리, 바위에 금가는 소리

산자와 돌이 된 자, 짐승과 꽃잎의 밤 누가 잠든 용신을 불러와 희롱하는가 황동빛 태몽을 꾸며 바다를 잉태한다

이마로 목덜미로 혼령으로 산맥으로 가쁜 숨을 불러와 은비늘 적시는 시간 노래는 해동육룡의 어깨춤을 부른다

난중일기 15
— 군평선이

그래, 좀 전 올린 생선 이름이 무엇인고? 본서방은 안 주고 새서방에게 준다 하여 세간엔 새서방고기라 부르기도 하더이다

실하고 맛도 좋은데 이름이 좀 그러하다 수라간 평선이가 잘 구워 올렸으니 고이헌 이름 대신에 '군평선이'라 부르거라

난중일기 16
— 객수客愁

　순찰사 요 며칠 그루잠에 빠지고 귓가에 찬바람 들명
날명 한다길래 통제영 의원을 불러 사유를 물었다

　병영 깃발이 까닭 없이 흔들리면서 모두들 심란하여
괜스레 들떠있고 색바람 호드기 소리에 갈피를 잡지 못
한다

　추석이 달포 앞으로 다가온 탓인가 군기가 헤진 그물
처럼 위험 지경이다 객수에 내우외환內憂外患이니 이 누
란을 어쩔거나

난중일기 18
— 초혼제

꽃 지듯 돌아오고, 눈 지듯 떠났습니다.

북채 버리고 장구채도 내던지고

그 바위

그 목울대만

하염없이 젖어 갑니다.

어느 날 홀연히 개마고원에 들어

한 점 바람이 될까
한 줌 빗물이 될까

가야산 홍류동에 깃들고 깃들어 신화되어 떠나신 최고
운 선생 따라 나 또한 이 땅 어드메서 홀연히 사라질까.
문득 일진광풍에 허튼 시나위 가락처럼 자취 없이 떠난
다면 산 첩첩 험한 준령, 운총강 압록강 철철 여울지는
함경도라 길주 명천 개마고원이 어떠할까. 깊디깊은 골
째기엔 날래고 용맹한 백두산 호랭이도 있으리니, 그 녀
석 가리어 줄 한 그루 도래솔이 되어볼까. 울창한 고삿
길 우뚝한 장승, 팔자에 없는 천하대장군 복록이라도 누
려볼까.

아서라,
세파에 찌든 몸을
입산이나 허하실까.

이서린

경남 마산 출생
1995년 경남신문 신춘문예 시 당선
2007년 김달진창원문학상 수상
시집『저녁의 내부』2016년 세종 우수도서 문학 나눔 선정
날라리인문학 〈돗귀〉· 밴드 '주책' '울림' 멤버
경남문협 · 창원문협 · 경남시협 이사, 디카시 운영위원
(사)시사랑문화인협의회 부회장
문학치료 · 소통 · 청소년 인성 강사

그러나, 꽃

수백 개의 입술이
아니, 가늘고 보드라운 수만 개의 입술이
속살대며 떨리는 촉촉한 키스처럼
가만가만 이마에 하나둘 닿더니
어느새 발등에 미친 듯이 퍼붓고

제발 좀 보라는 듯
나 여기 있다는 듯 애타는 연분홍 사태
소리 없이 펑펑 쏟아지는 눈물 같은
저 고요한 설움을 차마 어찌 밟고 가나요

작별쯤이야

큰소리치던 날들은 벌써 잊었군요
무성한 기약 뒤엔 조그만 혓바닥이 슬프다는 걸
변하는 건 사랑이 아니고 사람이라는 걸
연인들은 종종 늦게 깨닫는다지요

도무지 거절하기 힘든 따스한 숨이라면요

덧없는 맹세인 줄 알면서도 피우느라 지우느라
밤새 뒤척이는 격정의 봄밤이라면요

숨 한 번 돌릴 사이 사라지더라도
함성처럼 피다 소나기처럼 끝난다 하여도
벚꽃은요
사랑은요
서러움 뒤에 오는 허무라 하여도

그러나, 꽃이잖아요

저녁이 나를 그만두게 하였지요

자줏빛 구름이 나를 불렀지요

저녁 종소리는 어떻게 산을 울리는지

대나무가 어느 쪽으로 몸을 휘는지

검은 새는 어디로 날아가는지

어스름이 나를 멈추게 했지요

낮달은 언제 지워지고 풀들은 언제 엎드리는지

두서없는 바람이 무엇을 부려 놓으며

늙은 개는 절뚝이며 어디로 가는지

저녁이 나를 불러 세웠지요

마악 눈 뜨는 저 별의 시간과

번지듯 사물이 지워지는 풍경을

물끄러미 보다 없어지는 한 사람

저녁이 나를 그만두게 하였지요

젖은 발목으로 날아가는 새

강이 보였다. 목 잘린 산 그림자가 어룽거렸다. 붉은 흙덩이 쏟아 낸 건너편 비탈. 바람이 일으킨 파문에 산산조각 부서지는 물살들. 물에서도 소리가 날 것 같은

서서히 핏물 번지는 하늘. 어린나무를 옆으로 눕히며 바람은 불고 나는 맨발로 모래밭을 걸었다. 발가락 사이사이 파고드는 차가운 모래알갱이. 푸르스름한 발등을 흘러내리는 부드러운 모래의 기척. 디딜 때마다 발바닥에 전해지는 지구의 단호함에 몰입하면서 성글게 핀 풀들의 의지를 보았다.

걷다가 주저앉아 바라본 강물은 눈높이에서 해적이고 그때 아주 잠깐, 강물에 발목을 적신 새와 마주쳤다. 우울한 인간쯤이야, 새는 당황하지도 도망가지도 않았다. 저렇게 작은 몸으로 낯선 공포와 마주하기까지의 시간을 짐작만 할 뿐 나는 꼼짝도 할 수 없었다. 까만 콩 같은 눈동자. 흔들림 없던 엄마의 마지막 눈빛이 저러했을까

몹시 여린 발목으로 몇 발자국 옮기다 날개를 펼치는 새. 한 마디의 울음을 남기며 새는 날아가고 나는 추운 줄도 모르고 오래 그 자리에 앉아 있었다. 신기루처럼 사라진 새의 잔상. 만약 계속 삶이 이어진다면 生이란

이런 순간일 것이다. 나무가 바람에 몸을 굽히고, 강물은 눈높이에서 흐르고, 발가락 사이 느껴지는 차고 부드러운 모래, 잠깐이지만 마주친 작은 새의 눈망울과 젖은 발목, 잊을 수 없고 만질 수 없는 얼굴과 체온에 대한 기억을 간직한 채 견뎌야 하는

오동꽃 저고리에 관한 어떤 기록

관은 오동나무가 최곤디 내사 그런 호사는 당치도 않제

대병짜리 소주에 멸치 한 종지를 놓고 영감은 입맛을
다셨지요
느티나무 정자에 앉아 이런저런 말을 섞은 지 십여 분
검붉어진 얼굴로 바투 당겨 앉는 영감에게선 이미 술
기운이 만연했답니다

근디 그거 아는가 모르겠네 오동꽃 향기는 눈으로 맡
는 것이여 저 빛깔 좀 보더라고

마을 앞산은 연보라빛 봉분처럼 낮고 둥글었고요
익히 잘 아는 향기를 기억하며 코를 발름거리는 나에
게 피식
웃음을 던지며 영감은 소주를 거푸 들이켰어요

저기 저 산 오동나무 아래 집사람을 두고 내려 왔는디
그때부터 저 꽃이 필 때면 내 맴이 싱숭생숭하는 거여
집사람 누운 데를 떨어진 꽃잎으로 저고리처럼 덮어줬

는디 마누라가 평생 아끼고 좋아하던 저고리가 연보라였제 아 내가 처음 사 준 옷인디 사고로 앉은뱅이가 되아 처매는 시커매도 저고리는 이뿐 색을 고집하는 게 있더라고 그때부터 천날 만날 입었는디 그 저고리를 그리 좋아할 줄 참말 몰랐제

　멸치를 집는 영감 손이 떨렸던가요 이야기를 듣던 내 목젖이 떨렸던가요

　제가 사는 동네에도 오동나무 꽃이 피었습니다 몇 해 전 25번 국도를 여행하다 만난 영감님의 이야기가 생각났지요 연보라 꽃 저고리를 입은 작은 무덤도, 소주에 멸치 안주를 맛있게 드시던 영감님도 안녕하신지 문득 안부가 궁금하여 하릴없이 오동 꽃만 보다 집을 나서보는 그런 하루가, 지나는 중입니다

뭉클한 나무

반쯤 바닥을 드러낸 강
희고 검고 동그란
돌들이 인사하듯 햇빛에 반짝인다

강가에 나란한 미루나무들
순한 몸짓으로 해바라기하고
조금씩 늙어가는 사람도 천진하게 웃는
먼 강물의 고요한 흐름
훗날의 추억이 될 작은 소란 속
얼굴과 얼굴이 모여 밥을 먹는다

한 그릇의 밥을 비워 느꺼운 나절
구름 잠긴 강물에 손 담그면
물수제비 띄우는 아버지와 아들의 배경이 되는
강가의 오월은 초록으로 싱그럽다

저녁이 내리는 푸르스름한 하늘
문득 세상 집들 불 밝히고
먼 산과 들에 땅거미가 내리면

별빛 내려 몸 씻을 강물 차게 흐르겠다

미루나무 쓰다듬고 집으로 가는 길
손바닥에 고이는 나무와 물의 향기
나는 강물이거나 혹은 미루나무이거나

곤포 사일리지*

밤새 누가 슬어 놓았나
그루터기만 남은 논 한가운데 점점이 희고
둥근 알들

지난날 뜨거운 태양과
차운 밤 쨍하던 달의 합방이 있었나
그 여자와 백 년은 사랑하여 축구단 하나쯤
거뜬히 만들겠다며 떠난 그대의 자식들인가
새로운 날 꿈꾸며 아프락사스를 찾아
부화를 기다리는 이번 생의 알들인가

사랑한 끝에도 남는 것은 있다고
따뜻했던 입김이 내 안에 있다고
팽팽하게 감싼 알의 의지

겨울은 가고 또 오는 거지만
눈보라도 거친 바람도 막지 못할 단잠의 원형처럼
추운 밤 웅크리고 꿈꾸는 번데기처럼
우화의 기억을 촘촘히 새겨 겨울 벌판쯤

끄떡없이 버티는

저기 논 한가운데
알 깨고 날아갈 그 날을 기다리는
둥근 꿈들의 긴 긴 겨울잠

* 곤포 사일리지: 수분량이 많은 목초, 야초, 사료작물 등을 진공으로 저장
  및 발효하는 것.

불 그림자

밤이다 하늘과 강물의 경계가 불분명해지자

당신과 나의 경계가 뚜렷해진다

인간이 만든 자욱한 먼지

점점 환하게 타오르는 등불과 등불

잡았던 손을 놓자 낯선 사람들 사이 순식간에 멀어지
는 간격

거짓말처럼 사라진 당신의 어깨

잠깐 숨을 멈추었을까 걸음을 멈추었을까

어느새 다시 내 앞에 선 당신의 눈

흔들리는 유등의 불 그림자를 본 것도 같은

내 사랑의 방정식

내가 눈물이 되어도
사무쳐 온몸이 삭는다 해도
설령
지옥일지라도
천 번 만 번 다시 올
네가 있는
세상

외출

창문을 닫는다
컴퓨터를 끄고
흐트러진 책상 그대로 둔 채

전화가 울린다
그러나 나는 부재중

현관문을 닫고 와글거리는 머릿속도 닫는다

나를 가두고 내 숨통 조이던 내가 너를 닫는다

어떻게 해야 한다
무엇을 해야 한다
몰아붙이던 너를 닫고 집을 나선
나

가벼워지고 있는가

피습
— H의 그해 여름

옅은 안개는 덥고 습도도 높았다 집으로 가는 길이 왜 이리 먼가 가방을 멘 등은 축축하게 땀에 젖어 뜨거웠다 땀에 젖은 손으로 대문을 열었다

마루에는 할머니를 비롯하여 식구들이 빙 둘러앉아 점심을 먹는 중이었고 두 개의 밥상에는 큰 대접마다 김이 모락모락 났다 아버지와 옆집 아저씨는 충혈된 눈빛으로 낮술을 하고 있었다

엄마가 퍼 온 국 사발엔 국물과 고깃덩어리, 기름기가 가득했다 웬 고깃국물, 물을 새도 없이 나는 허겁지겁 퍼먹다가 해피 생각이 났다

어젯밤 녀석을 끌고 동네를 돌았는데 꼼짝하기 싫은 녀석은 몇 번이나 버티었으나 줄을 잡아당기는 나를 이길 수 없었다 그제야 후텁지근한 밤이 힘들었다는 것을 혀를 빼물고 가쁜 숨 몰아쉬는 녀석의 죄 없는 눈을 보며 깨달았다

어제의 미안함을 담아 살코기를 주려고 마루 밑으로 고개 숙여 녀석을 불렀다 개집 근처와 수돗가며 장독대를 둘러봐도 꼬리를 흔들던 해피는 없었다

코를 처박고 국밥을 먹던 형과 마루에 앉아있던 식구들은 먹던 것을 멈추고 힐끔 서로를 쳐다보는 듯했다

아가, 그거, 니 손에 든 기 바로 해피다

주름진 할머니의 입술 주변이 기름기로 번들거렸다 화덕의 가마솥엔 아직 김이 오르고 엉거주춤 서 있는 어머니 뒤로 이미 취기가 오른 아버지가 보였다

마당 한가운데 태양이 꽂혔을까 사방이 왜 캄캄해지지 주저앉는 나를 부르는 식구들의 목소리 내 손에는 끝까지 한 점의 살코기가 쥐여 있었다

말복이라 하였다

이월춘

1957년 창원 출생
1986년 무크『지평』과 시집『칠판지우개를 들고』로 등단
시집『그늘의 힘』『감나무 맹자』『칠판지우개를 들고』
『동짓달 미나리』『추억의 본질』『산과 물의 발자국』
문학에세이『모산만필』
편저『벚꽃 피는 마을』『서양화가 유택렬과 흑백다방』
23회 경남문학상, 4회 경남작가상,
1회 월하진해문학상, 28회 산해원문화상 수상

적멸寂滅

간절함을 등에 업은 염불과 목탁소리가
석양을 뒤로한 채 다리를 절뚝이며 내려왔다
없는 바람에도 고요히 꺼지고 마는 촛불처럼
새로운 꿈을 갖기엔 아직 어둠이 깊어
앞만 보고 살아온 집착의 삶이 슬프다
정직해서 쓸쓸한 뒷전을 살피기 위해
지금부턴 돌아서서 사진을 찍어야겠다
거울도 치장도 소용없으니 거짓도 없을 터
시작도 없고 끝도 없는 죽은 시간을 견디는 걸까
무작정 흐르는 세월에 동그라미를 치고
되새길 만한 의미의 날들을 가져야지
끝없이 유예되는 삶의 의미를 다독이는 마음

다산초당에서

다산초당의 달밤을 마음에 품게 되었네
우러러 하늘을 보니 아득히 툭 트였고
남은 별 몇 없어 조각달만 외로이 맑았네
티끌세상의 이런저런 욕심 사라지고
형형한 정신의 맑은 언덕에
효제충신孝弟忠信 서늘한 기운 서렸네
이웃에 와 있던 태양도 능소화도
잠시 방심한 사이에 나아가고 떨어지고
한없이 가벼워진 마음이 바람을 부르는데
아, 그리워라 운치 있는 사람
찬술 한잔도 따뜻하게 나눌 수 있는 사람
강진 귤동 뒷산을 넘어가는 마음이여
산속 절에서 길게 우는 법고法鼓 소리
구름 끝까지 울려 퍼졌네

다 그렇지는 않다

청산靑山과 백운白雲이 어찌 한가롭겠느냐만
너와 내가 다르지 않음을 알아야
겸허와 고요에 가 닿을 수 있겠지
숭숭 뚫린 생애다공증生涯多孔症의 횡단면을 보며
해질녘 골목 들머리에 쭈그리고 앉은 너
지금껏 술래가 되어 상처를 다독이고 있네
마음으로도 한 시절 잘 살아가야 하던 그때
시를 읽고 윤리책 사십이 페이지를 배운다거나
소설에서 관계의 술잔을 들 수 없다는 건
어쩌면 푸른 산의 정령들을 그리워해서겠지
끝까지 마지막을 드러내지 않는 먼 곳의 사람들
어디로 가는지 모르면서 신발끈을 매는
우매함의 시작과 끝이 의당 사는 거라며
지붕 낮은 집 저 혼자 늙어가는 감나무

꼴값

나는 구두 뒷굽 오른쪽이 잘 우그러진다
신발 구기면 화를 잘 내도 뒤끝은 없다지만
반듯하게 닳아야 꼼꼼하다는데
빈틈없긴 하지만 찔러도 피 안 나오는 사람이라는데
죽으나 사나 꼴값하고 살았지

구두 겉보다 속을 잘 닦는 정성은커녕
그저 걸레로 쓱 문지르고 출근하곤 했었다
구둣주걱 소용없이 구두 앞코를 쿵쿵 찍으면 되었다

금강구두 한 켤레 삼십 만원 시대다
월부 구두를 아는 사람도 드물다
시골에선 죽을 사람이 없어
장례식장도 문을 닫는다고 한다
때론 꼴값하고 사는 사람도 있어야 하지

로맨스그레이

등이 가려운데 손이 닿지 않는다
간절함의 가지 끝에 명자꽃이 핀다
약정이 끝나자 휴대폰은 고장이 났다
엊그제 출시된 신제품을 만나야 한다
낡음을 허용하지 않는 악순환의 고리
입맛에 맞는 낡음의 그늘에 슬쩍 들어가
지갑을 향해 웃고 있는 새로운 낡음을 만난다
진정 낡고 반짝이는 것은
머슴의 아들이었던 정식이와 놀고
누구였든 옆집과 이사 떡을 나누는
그 기억의 공책 몇 페이지가 아닐까
명자꽃 그늘 아래 젖지 않는 마음이 피었다

분홍이 죽어야 초록이 온다

세상은 온전히 분홍이 점령했다
분홍의 옆구리엔 무엇이 사나
벚꽃, 참꽃, 영산홍의 춘색이 얄궂다
개나리나 유치원 아이들도 분홍에 덮였고
황사도 미세먼지도 슬그머니 꼬리를 내렸다
분명 저 분홍은 사람의 꿈을 먹고 피었겠다
쓸쓸한 일쯤은 저만치 밀쳐놓고
산다는 것과 아주 낯선 곳에 대한 동경이
봄밤의 분홍 그늘에서 길을 잃었다
분홍이 죽어야 초록이 온다는 말에
떨어지는 꽃잎 아래 시정잡배가 되어버린 서정抒情
누구한테나 오는 봄이지만 걸음이 다르다
분홍이 죽어야 초록이 온다

사람이 집이다

모란은 피고 있는데
한정 없이 모란은 피고 있는데
아내는 친정이 없어졌다며 운다
장인은 오래전에
얼마 전엔 장모가 가셨다
나는 참 오래전에 그랬는데
아버지 없는 집은 집이 아니듯
엄마 없는 집은 집이 아니다
사람이 집이니까

똥개

우리 개는 안 물어요
순종 진돗개라 한다
진짜 풍산개라 한다
진품 보증서도 있다 한다

개방 · 포용 · 융합만이 성공의 길
혁신교육의 뼈대가 융합이라는 연수 중이다
순종보다 잡종이 강세인 시대에
동종 교배로만 일관하는 권력
집단최면의 배타적 기형될 우려
민족 · 종교 · 인종을 모두 아우르고 타인을 인정
이념 · 생물학적 순혈 추구의 극치인 나치
중세 합스부르크 왕가는 기형적 유전 질환이 번져 가다
결국 대가 끊겨 멸망했다
존경받는 미국 대통령 오바마도 혼혈(잡종)
'집단 최면' 속의 기형畸形들이 돌출
권력 자체가 불통 · 오만 · 관성 · 독선의 열성에 지배
되어 갈 뿐
순수 디엔에이는 오염되기 쉽다

집단 지성과 융합, 그리고 창의
로봇 · AI · 클라우딩 · 블록체인 · 빅데이터에 5G까지
서로 우성優性으로 진화할 교배를 하느라 어지럽다.
주인에만 충직한 순종은 자주 으르렁거린다
시골집 어귀 살랑살랑 꼬리 치며
모두를 살갑게 맞아준 정 많고 똘똘한 그놈
융합과 잡종의 이름 똥개는
절대 안 문다는 사실 아시는가

섬에서 섬을 만나다

김정은이 평양에서 하노이까지 기차로
예순 시간을 달렸다고 미디어 잔치가 열렸다
시베리아를 건너서 유럽과 만나고
중국을 거치면 베트남과 인도에 기차로 닿을 수 있다
대륙으로 향하는 열차가 출발하는 서울역 아니 부산역
첫 행선지는 파리다
기차를 타고 오르세 미술관으로 향하는 여행

동안거를 마친 노스님이 목사님 책을 읽고
부처님 오신 날 성당 문 앞에 봉축 현수막을 건다
세상은 이렇게 곰삭은 수행의 맛을 보여주는데
추자도가 좋을까 제주도가 좋을까
페리가 좋을까 아시아나가 좋을까
부산이나 서울은 분명 섬인데
섬에서 섬을 만나다니
필리핀도 아니고 인도네시아도 아니고

잠자리의 집

누에는 열흘 남짓
제비는 반년
까치는 한 해를 살고
집을 버린다
메뚜기와 잠자리는 아예 없다

상식이 힘을 잃으면
일어나지 못할 일이 없듯
일어나서 안 될 일도 없다
그때는 연민도 목걸이를 잃는다

평생을 문패에 박혀 살았다
사람을 봐야겠다
시간이 없다

2019, 영상시대를 건너는 '하로동선'의 시인들

이 달 균(시인)

1. '하로동선'의 존재 이유

방금 봉준호 감독의 영화 〈기생충〉을 보고 와 이 글을 쓴다. 솔직히 고백하자면 엔딩 크레딧이 올라갈 때 한 사람의 시인으로서 심한 좌절감을 느꼈다. 영상시대의 언어예술인 시詩가 시대와 사회에 어떤 빛깔로, 어떤 방향으로 기능할까. 그 영향력의 범주는 어디까지일까를 고민해 보았다. 이 영화가 제72회 칸영화제에서 황금종려상을 수상한 이력 때문이 아니라 기괴하고 그로데스크한 유머로 펼쳐내는 반전 미학은 영화 좀 보았다는 나의 상상력을 여지없이 파괴해 버린다. 물론 예전 박찬욱 감독의 〈올드 보이〉를 보고 난 후에도 이와 유사한 생각이 들었지만, 그땐 "일본 원작의 애니메이션에서 영감을 가져온 것"이란 말로 위안을 삼기도 했다. 하지만 이번 영화는 다르다. 전적으로 한국 영화인에 의해 시나리오가 쓰인 것이기에 변명의 여지가 없다. 쿠엔틴 타란티노의 블랙유머, 적당한 은유와 B급 유머가 살아 있는 코엔 형제 영화에 열광했지만 〈기생충〉은 그들의 장점보다 더 압도적으로 위층에 자리한다는 생각을 떨쳐버릴 수 없다.

이런 영화는 역설적으로 시인을 절망하게 한다. 이제 그 절망감을 설명해야 할 차례다. 한국영화는 신흥사대부의 기세처럼 당당한 데 비해 1,000년을 넘게 지속해온 시는 딸깍발이 정신을 견지하는 퇴락한 선비 같은 느낌을 준다. 한국문단은 숱한 단체 가운데서 가장 평균연령이 높다. 부정할 수 없는 현실이다. 신인이 수혈되지 않는 이유는 뭘까? 힘든 과정에 비해 대가가 형편없고, 무대 또한 철 지난 바닷가처럼 조명받지 못하기 때문이다.

경제력이 모든 것을 정의하는 시대에 돈이 되지 않는 일에 시간과 열정을 바치는 청춘은 없다. 그런데 왜 과거(더 거슬러 올라가지 말고 80년대에 포커스를 맞추자)에는 문학이, 문학정신이 한 시대를 지배했을까? 농경사회를 지나 산업화사회에 접어들 무렵, 무서운 정치 폭력에 대항할 무기가 필요했다. 농울 치는 서정의 강물을 끌어오든지, 앞장서서 애끓는 노래를 부르든지, 비분강개의 외침으로 사람들을 모으든지, 어쨌든 지향 없는 이들을 한

궤로 엮을 공간이 필요했다. 저변에 깔린 감정을 끌어올리기 위해서는 서정에 호소하는 시만큼 직접적인 것은 없다. 거기에다 학창시절 국어교육은 문학소년·소녀를 길러내기에 충분했다. 이런 대 사회적 정서는 결국 시의 시대를 잉태하는 자양분이 되었다.

그러나 지금은 정보의 홍수 속에 있다. 시보다 훨씬 재미있고 자극적인 동영상들이 넘쳐난다. 언제 어디서든 천만의 관객이 든 영화를 볼 수 있고, 꿈만 같았던 빌보드 차트의 맨 앞을 K팝이 장식한다. 박경리의 『토지』가 국민소설이라고 하지만 완간 본 전체를 완독한 독자가 몇이나 될까. 이런 단순 비교만으로도 '문학의 위기'란 말은 이미 식상 그 이상이 되고 말았다. 하지만 아직도 철 지난 바다를 찾아오는 사람은 있다. 그렇다면 그 바다를 지키기 위해 버려진 것들을 양동이에 담는 누군가는 있어야 한다.

바슐라르는 시인의 착각 혹은 자기 오류에 대해 이렇게 말한다. "시는 모든 것을 확대한다. 오랫동안 고치 속에서 웅크리고 있던 하찮은 존재가 최상의 희생, 영광의 희생을 찾아 날아가는 것은―불꽃 중의 불꽃―태양을 향해서이다." 이 말은 시인을 향한 최고의 찬사라 할 것이다. 하지만 2,000년대는 안타깝게도 몽상가의 고독과 대중은 잘 소통되지 않는다.

여기에 '하로동선'의 존재 이유가 있다. '하로동선'은 그 바다를 떠나지 못한 운명들의 작은 집합체다. 비록

남루하지만 한때 우리가 기대고 동류가 되었던 그 깃발을 지켜내야 한다. 그렇게 훌훌 떠나도 우리는 남아 깃발 흩날리던 시절을 추억하고, 돌아가지 못할 상실감에 젖은 이들을 위무하는 제의를 펼쳐 보이고 싶은 것이다. 시에 의지하고자 한 시대의 공감에선 멀어졌으나 그 질곡을 견디며 살아온 연대의식은 여전하다. 다시 말하면 물리적 여건은 변화하였다 해도 화학적 결합, 즉 감정의 공유는 더 공고해진다. 하긴 이 말 역시 우릴 위무하는 것인지도 모른다.

2. 이서린 · 이기영 – 서정의 극점에서 그려내는 비애의 시선

수 백 개의 입술이
아니, 가늘고 보드라운 수 만 개의 입술이
속살대며 떨리는 촉촉한 키스처럼
가만가만 이마에 하나 둘 닿더니
어느 새 발등에 미친 듯이 퍼붓고

제발 좀 보라는 듯
나 여기 있다는 듯 애 타는 연분홍 사태
소리 없이 펑펑 쏟아지는 눈물 같은
저 고요한 설움을 차마 어찌 밟고 가나요

작별쯤이야

큰소리치던 날들은 벌써 잊었군요
무성한 기약 뒤엔 조그만 혓바닥이 슬프다는 걸
변하는 건 사랑이 아니고 사람이라는 걸
연인들은 종종 늦게 깨닫는다지요

도무지 거절하기 힘든 따스한 숨이라면요
덧없는 맹세인 줄 알면서도 피우느라 지우느라
밤새 뒤척이는 격정의 봄밤이라면요

숨 한 번 돌릴 사이 사라지더라도
함성처럼 피다 소나기처럼 끝난다 하여도
벚꽃은요
사랑은요
서러움 뒤에 오는 허무라 하여도

그러나, 꽃이잖아요

　　　　　　　　　　　　　　　　　　　─이서린 「그러나, 꽃」

　시에서 격정은 좀처럼 예찬되지 않는다. 하지만 에로
티시즘은 예술의 한 극점이다. 가와바타 야스나리의 중
편소설 「잠자는 미녀」를 읽으며 에로티시즘의 극을 경험
한 적이 있다. 79세의 노인(이 소설이 쓰여 1950년대 당시,
79세는 죽음과 직면한 나이) 에구치 요시오는 우연히 노인
들을 상대하는 매춘업소를 찾아간다. 그곳은 꽤나 이상

한 영업장이다. 손님이 들어오기 전 이미 젊은 아가씨는 수면제에 취한 채 잠들어 있다. 그 젊은 여인을 보면서 이미 남성을 상실한 노인은 잃어버린 청춘을 회상하면서 관음에 젖는다. 이 소설은 다시 못 올 젊음과 지나온 세월에 대한 깊은 회한과 연민을 그려내었는데, 콜롬비아의 노벨문학상 작가 가르시아 마르케스는 이 소설을 오마주하여 '내 슬픈 창녀의 추억'을 쓰기도 했다.

이 시를 읽다가 왜 '잠자는 미녀'가 생각났을까. 격정 이후의 허무와 이미 남성을 상실한 노인과는 동일한 등식으로 연결되지 않는다. 하지만 '끝남'의 시간 위에서 찬란했던 과거를 연민하고 회억하는 모습에 이르면 결코 이질적 존재가 아님을 느낄 수 있다.

이서린은 서정의 극점에서 본질을 말하려 한다. 행위 이후에 완성되는 사랑의 원형질처럼 언어의 속살을 열어 보인다. 이런 탐미의 정서는 사실적이지만 결코 미세한 결을 놓치지 않고 있다. 단호한 메시지를 전달하면서도 이미지는 모세혈관을 통과한 혈액처럼 붉게 스민다. 흩날리는 꽃잎이 지천에 떨어지는 모습을 '수백 개의 입술이/ 아니, 가늘고 보드라운 수만 개의 입술이/ 속살대며 떨리는 촉촉한 키스처럼/ 가만가만 이마에 하나둘 닿더니/ 어느새 발등에 미친 듯이 퍼붓고'로 표현한다. 행 구분 없이 써 놓으면 뜨거운 봄밤의 섹스처럼 관능적으로 읽힌다.

벚꽃처럼 솔직한 꽃이 있을까. 타 죽을 만치 사랑하

고, 그 순간이 지나면 허무의 바다에 빠지듯 흩어져 버리는 속성, 우리가 꿈꾸는 탐미의 궁극이기에 더욱 아름답다. 성에 대해서만큼은 사람들은 모순에 빠진다. 그런 사랑을 꿈꾸면서도 플라토닉을 말한다. 필연적으로 '서러움 뒤에 오는 허무'를 겪는다 해도 꿈만큼은 주저 없이 꾸자. 지는 꽃도 꽃임을 만천하에 대고 웅변한다. 페미니즘의 관점에서 보면 꽃은 평등하지 않다. 장미에 비해 호박꽃은 홀대받는다. 못생긴 여자를 호박이라 지칭하는 것이 그것이다. 그러나 지는 꽃도 꽃이고, 늙은 꽃도 꽃이다. 식물의 생태에서 꽃은 한 절정이며 열매를 위한 필연의 결과물이다. 그래서 '벚꽃은요/ 사랑은요/ 서러움 뒤에 오는 허무라 하여도// 그러나, 꽃이잖아요'로 마무리 된다.

오래 비워둔 방에선 석유 냄새가 났고

고양이가 온 몸을 말아 웅크린 자세로 잠이 들었다
고양이의 잠은 수맥이 흐르지 않는 중심

나는 우물처럼 어둡고 오래 차가워서
닿을 수 없는 깊이인 채로

네가 좋아한 고양이,
네가 문 앞에 그려놓은 쇠비름꽃,
네가 가지고 떠나버린 헐렁한 연민을

무덤을 도굴하는 심정으로 꺼내보았다

왜, 라는 질문이 파헤친 손으로
아니야, 라는 대답이 파묻은 손으로

입을 틀어막아도 기어코 역류하는 몸을 다시 덮었다

꿈에 내가 나를 불렀다

이 세상에서 하루를 또 폐기한 사람들이
다시 어두워지기로 작정한 것처럼

— 이기영 「수면안대」

    이기영은 이 책에 처음 참여한 시인이다. 그의 첫 시
집 『부에나 비스타 소셜 클럽』에서는 비애의 눈물을 통
해 건져 올린 붉은 갈망이 행간 곳곳에서 묻어나고 있
다. '하로동선'에서 만난 작품들 역시 비애의 시선으로
건져 올린 연민의 시학을 견지하고 있다. '수면안대'는
잠을 부르는 마법 같은 존재로 인식되지만 실은 깊은 잠
에 이르지 못하는 불면과 상실을 뜻하는 매개물이다.
    '고양이의 잠은 수맥이 흐르지 않는 중심'에 놓여 있
다. 일상에선 수맥이 흐르지 않는 곳에서 잠을 청하라고
한다. 하지만 여기 '수맥이 흐르지 않는 중심'은 생명의
환희에서 벗어난 부서진 꿈의 파편들이 흩어진 곳이다.

수면안대는 불면과 상실에서 벗어나지 못한 부조리한 일상, 혹은 주변인들로 치환된다. 카뮈가 '이방인'에서 창조한 뫼르소는 어떤 감정도 희망도 느끼지 못하는 무감각의 상태, 마치 벽 속의 거울처럼 실체를 볼 수는 있으나 만질 수는 없는 허무감에 직면한 인물이다. 카뮈가 던진 질문은 저마다 다른 일상, 다른 현상을 만나면서 왜 동질의 감정과 윤리를 가져야 하는가에 대한 반성에 다름 아니다. 이기영이 그려낸 단절의 대상 역시 시인이 이어줄 수 있는 무엇이 아니다. '네가 좋아한 고양이,/ 네가 문 앞에 그려놓은 쇠비름꽃'은 나와는 무관한 대상이다. 다만 '헐렁한 연민'의 감정으로 다가갈 수밖에 없는, 저만치에서 '다시 어두워지기로 작정한' 영혼을 만날 뿐이다.

이런 비애의 감정은 함께 실린 다른 시편에서도 종종 발견된다. 「상식의 시대」에서는 실종된 상식의 끈을 바라보며 '자기 최면은 이미 방향을 잃었다// 나침반 바늘이 계속해서 흔들린다'로, 「잠복」에서는 '너와 나는/ 서로의 상처에서/ 영문도 모른 채 달라붙는 피딱지'의 존재로 그려진다. 이렇듯 이기영이 바라보는 비애의 시선은 건널 수 없는 단절에 대한 연민으로 가득 차 있다. '왜, 라는 질문이 파헤친 손으로/ 아니야, 라는 대답이 파묻은 손으로' '내가 나를' 부르는 꿈, 현실이 아니라 차라리 꿈이기를 바라는 오늘이 바로 시인의 창에 그려진 세상이다.

3. 성선경 · 이월춘 - 부재의 공간을 응시하다

모든 것을 끌어다
풍경으로 배치하는 다솔多率
배경은 편안한 와불臥佛
풍경이 시선을 끌어당겨
풀잎 끝의 이슬 같은 마음에 맺힌다
온몸에 기름을 붓고 부처님 전에 소신공양
등신불等身佛이 된 저 마음은 어디서 끌어왔나?
마음이 맺힌 곳에 작은 부도탑 하나
마음의 눈을 돌리면 모두가 진신眞身이다
나도 온몸에 기름을 붓고
소신공양, 등신等身이 되고 싶은 이 마음
또 어떤 시선이 끌어당겨 맺힌 이슬인가?
나는 어떤 풍경에 끌려와
여기 이 자리에 맺혔나?
만해萬海도 동리東里도 다 마음에 와 맺혀
배경이 풍경을 만드는 봉명산鳳鳴山 자락
나는 또 어떤 풍경에 끌려와
여기 이 자리에 배경으로 맺혔나?
소신공양, 등신等身이 되고 싶은
내 이 마음은 또 어떤 시선이 끌어당긴 배경인가?
풀잎 끝의 내 마음조차 이슬로 맺힌다
서른 마음 울어 울어 봉명 다솔鳳鳴 多率.

　　　　　　　　　　　　- 성선경 「적막상점 12」

성선경이 최근 연작으로 발표하는 「적막상점」은 시인이 설정한 사유의 공간이다. 적막을 파는 곳인지, 적막한 상점을 말하는 것인지는 잘 드러나지 않는다. 적막은 안개에 쌓여 있기도 하고, 수정체에 묻은 빗방울처럼 대상을 모호하게 이끈다. 어쩌면 그 모호함은 시인이 의도적으로 설정한 적당한 거리이기도 하다. 이 시에 다가가기 위해서는 어느 정도의 가설이 필요하다. 그렇다면 먼저 '상점'에 관해 생각해 볼 필요가 있다. 상점은 팔기 위해 진열된 곳, 즉 알록달록한 옷으로 포장된 욕망이 분출하는 환幻의 공간이다. 그렇다면 '적막'은 어떻게 이해되는가. 시인이 말하는 '적막'은 분주한 세속과 들끓는 욕망으로부터의 탈출이며 잡히지 않지만 구현하고 싶은 심상이 아닌가 여겨진다. 그러므로 적막상점은 들끓는 욕망과 과욕이 정제된 희원의 세계, 즉 시인이 궁극적으로 닿고 싶은 매혹적인 심상의 공간으로 이해될 수 있다.

　만약 이런 가설이 어느 정도 타당하다면 인용한 「적막상점 12」는 그 의도성이 잘 직조된 가작이다. 시인은 어느 날 다솔사에 가서 '적막' 한 공간에 놓여진다. 다솔사 대웅전은 와불 뒤로 산 풍경이 보인다. 시인은 이런 광경을 '모든 것을 끌어다/ 풍경으로 배치하는 다솔多率/ 배경은 편안한 와불臥佛'이라 표현한다. 그리고 이어진 시인의 시선은 '온몸에 기름을 붓고 부처님 전에 소신공양/ 등신불等身佛이 된 저 마음은 어디서 끌어왔나?'에 꽂

헌다. 물론 이는 시인이 구현한 심상의 발현이다. 이후, 시선은 다시 부도탑으로 옮겨간다. '마음이 맺힌 곳에 작은 부도탑 하나/ 마음의 눈을 돌리면 모두가 진신眞身이다' 죽어서 나온 사리를 모신 탑이 아니라 살아서 몸 바쳐 부처님 세계에 이르고자 한 마음의 절실함은 어떤 것일까. 잘 알다시피 다솔사는 김동리의 수작 '등신불'의 모티브를 얻은 절이다. 청년 김동리는 만해 스님과 김범부, 주지 최범술과의 한담 중 소신공양 이야기를 듣는다. 후에 이 영감은 '등신불'이란 작품으로 탄생하여 교과서에 실리고, 전 국민이 아는 소설이 되었다.

만해 스님과 김범부, 동리의 절실함은 시공을 뛰어넘어 시인의 마음에도 맺힌다. 22행의 「적막상점 12」는 아무것도 말하지 않는다. 그저 잠시 현실의 공간을 배제하고 절간에서 얻은 한 움큼 적막의 시간을 서술할 뿐이다. 소신공양의 거룩함도 다솔사 경내의 아름다움도 중요한 대상이 아니다. 독자들은 시인이 얻은 적막을 함께 나눠 가지면 된다. '서른 마음 울어 울어 봉명 다솔鳳鳴 多率.'로 마무리된 시는 범종 소리처럼 오래 여운을 남긴다.

모란은 피고 있는데
한정 없이 모란은 피고 있는데
아내는 친정이 없어졌다며 운다
장인은 오래 전에

얼마 전엔 장모가 가셨다
나는 참 오래 전에 그랬는데
아버지 없는 집은 집이 아니듯
엄마 없는 집은 집이 아니다
사람이 집이니까

         – 이월춘「사람이 집이다」

　이월춘이 이번에 선보이는 시들은 "부재하는 것들에
대한 간절한 열망과 희구의 시학"이라 이름해도 좋을 것
이다. 짧은 9행 속에 할 말은 다 하고 있다. 참 쉽고 편
하게 다가오지만 시적 구성은 미흡하지 않다. 체험의 알
갱이들은 채반을 통과하여 잘 여과되어 나타난다. 아내
와 오랜만에 찾아간 처가엔 '모란이 한정 없이 피'어 있
다. 화원이 있는 옛집(친정집)은 그대로 존재하지만 장인
장모의 별세로 인해 아내의 마음이 쉴 공간은 없어진 것
이다. 결국 주인의 죽음으로 인해 가옥은 존재하지만 집
은 부재의 공간으로 변해 있다.
　할 말 많은 시대, 부재하는 것은 스스로 말을 걸어온
다. 여백은 쉴 공간을 마련해 준다. 시인은 빈집에서 한
동안 서 있었으리라. 빈집인지 남의 집이 되었는지는 모
르나 올해도 어김없이 모란은 피어나고, 나비가 날아들
고, 바람이 들녀 나녀 생명은 쉼 없이 삶을 영위한다. 하
지만 얼마 전에 장모가 가신 이후, 처가 또한 시인이 알
던 처가가 아니다. 즉 옛집 앞에서 의탁할 마음의 집이

사라졌음을 확인하고 돌아왔을 뿐이다. 그 말없음표 다음에 오는 '사람이 집'이란 구절은 평범하지만 결코 평범하지 않게 읽힌다. 시력 사십 년의 시인에게 여백은 자연스러운 것이다.

이는 함께 발표한 「적멸寂滅」에서도 그대로 드러난다. '간절함을 등에 업은 염불과 목탁소리가/ 석양을 뒤로한 채 다리를 절뚝이며 내려왔다'를 언뜻 잘 못 읽으면 '석양을 뒤로한 채 다리를 절뚝이며 내려'온 주체가 시인인 양 보이지만 실은 '간절함을 등에 업은 염불과 목탁소리가' 내려온 것이다. 적멸의 시간은 염불도 목탁소리도 들리지 않는, 시공을 초월한 곳이다. '앞만 보고 살아온 집착의 삶'은 시인 본인이나 염불에 한사코 목탁을 치며 속세를 사는 스님과 다를 바 없다. 그러므로 진정한 적멸은 간절함에서 벗어난 초월적 시간을 의미한다. 의미를 벗어던진 무의미의 시간을 얻기란 어려운 일이다. '정직해서 쓸쓸한 뒷전을 살피기 위해/ 지금부턴 돌아서서 사진을 찍어야겠다'는 고백은 역설적이지만 현실이기도 하다. '정직함'은 다른 말로 하면 비어 있는 곳간과 같은 것이기 때문이다. 그러므로 탐심 많은 이들은 다른 이의 뒷줄에 서 있다. 그 뒷자리의 쓸쓸함은 이기심과 욕망과는 배치된 세상이다. 이런 그들에게 빈자의 뒷모습을 보여주는 것이 그리 쉬우랴. '무작정 흐르는 세월'엔 동그라미를 칠 수도 없고, 밑줄을 그을 수도 없다. '끝없이 유예되는 삶의 의미를' 다독이다 보면 부재의 충만을 만끽

할 날도 머지않을 것이다.

4. 김일태 · 김시탁 – 버리고 난 후에 얻은 추억소환장

심산이 가로막는다고 어찌 가던 길 멈추랴
쿤룬에서 발원하여
일만 오천 리 먼 길 쉼 없이 흐르는
어머니의 강 황하처럼
붉은 영혼을 품고
달빛을 채찍 삼아 별빛을 지도 삼아
역사를 재갈로 물고
광야를 바람같이 달렸던 그대여
붉은 땀 마를 날 없이
그대 속에서 구비 쳤던 한 시대
유라시아 비단길 고비의 소금길
어디로 사라져가고
퇴색한 갈기 같은
돈황 막고굴 천년의 상처위로
지금 모래바람만 일고 있느냐

– 김일태 「한혈마」

　심일태의 시편들은 낯선 곳에서 나를 찾는 여정을 보
여준다. 위 시도 그렇고 「월아천에서」「길을 간다는 것
은」「낙타풀」「천사를 보았다」 등 비슷한 시공간에 쓰인

시들을 선보이고 있다. 이번의 작품뿐 아니라 김 시인은 외로운 고원에서 혹은 오지체험의 시편들을 통해 곡진한 자아 찾기에 나서는 행로를 보여주고 있다. 그의 시는 모래에 묻힌 지난 역사와 무한한 자연에 대한 깊은 애정과 감회가 물씬 풍겨 오는 언어로 독자들을 안내한다. 퇴색된 것을 통해 지금 현재를 응시하는 시선으로 인해 기행시의 범주를 넘어서고 있다.

이 시의 이미지는 '붉음'이다. 모래바람 이는 돈황 막고굴을 찾아 잊혀진 역사, 퇴락한 얘기 속의 한혈마를 생각하면서 유한하고 작은 자신을 돌아본다. 서역의 여명, 서녘 노을과 황혼, 황하, 한혈마의 붉은 땀 등등 둔황에서 보는 모든 것은 붉다. 사라진 것도 있고 실재하는 것도 있다. 한혈마는 실록에 기록된 명마의 한 혈통이다. 한 무제는 키르기스 지역을 누비는 이 명마를 얻기 위해 정벌군을 보내어 차지했다고 한다. 그 말의 땀은 인간을 위한 수고였다. 그 수고의 빛깔은 붉었다. 천년 전 한 젊은 스님도 이곳에 와서 그 붉음을 보았을까. 혜초스님은 왕오천축국전을 남겼고, 시인은 몇 편 시를 남긴다. 여행은 얻기 위한 것이 아니라 버리기 위한 여정이다. 사막은 모든 버려진 것들의 집적물이기에 더욱 그렇다. 어쩌면 혜초 스님 또한 이곳에 와서 먼지 알갱이처럼 작은 자신을 바라보지는 않았을까.

김일태는 한때 죽음의 고비를 넘은 적이 있다. 그 고비를 넘고 만난 세상은 아름다웠다. 덤으로 얻은 인생에

선 용서하지 못할 일 없고 이해되지 않는 것 또한 없다. '유라시아 비단길 고비의 소금길'은 사라져 가도 대륙 간의 소통은 더욱 원활하고 소금은 영원할 것이다. 사막은 모든 것이 죽은 바다지만 그 속에도 생명이 있다. 바쁠 것 없이 "천천히 천천히/ 경전처럼 읽으며/ 오고"(「길을 간다는 것은」) 가다 보면 언젠가는 오아시스를 만나게 된다. 그러나 오아시스는 버릴수록 빨리 닿는다. 낙타에 실은 짐은 가벼울수록 좋고, 허욕의 짐 또한 버릴수록 명징해 질 것이다. "한 자리에서 백 년의 시간 건너는 이들"(「낙타풀」)과 "하늘의 평화를 조막손에 쥐고"(「천사를 보았다」) 걷는 이도 만날 수 있으리라. 김일태의 버림의 미학은 앞으로도 계속될 것이다.

가려운 등을 긁는 손의 영역이 자꾸 줄어든다
등줄기 저 안쪽으로 미치지 못한다
내 몸도 손이 닿지 못하는 모서리
먼지 앉는 구석이 있는 것이다
아내의 손을 빌려보지만 아내의 손은
닿아도 힘이 없다
가려움 하나 해소하지 못한다
내 몸에 내 손이 닿지 않아
다른 사람의 손을 빌려야할 때
낡은 고무 호수 같이 혈관이 막혀
팔다리가 저려올 때 관절마다 소리를 내며
뼛속까지 황소바람이 기어들 때

비로소 반납해야 할 삶을 생각한다
보송보송한 솜털 같은 시간을 잘 살고
너덜너덜해진 누더기 같은 세월로 갚겠구나
이자도 없이 독촉도 없이 참 잘 썼다
아끼다가도 더러는 헤프게
모자라다가도 가끔은 넘치게
참 잘 살았다 잘 살아서 고맙다
가려운 아내의 등을 긁어주고 나와
담장 모서리에 등을 대고 벅벅 문질렀다
견고한 담장에 맡긴 헐거운 생은 참
시원한데 서산에 걸린 노을이 너무 붉다
피나게 긁은 등줄기 같다

　　　　　　　　　　　　　　　– 김시탁 「반납」

　김시탁에게 세월의 힘은 어떤 것일까? '모자라다가도 가끔은 넘치게' 잘 살았으니 이제 갚아가는 것, 즉 순응의 이치를 깨닫는 때라고 일러준다. 적당히 유머도 살아 있어 편하게 읽힌다. 젊은 날에는 '손의 영역'을 한없이 펼치려 했다. 맘대로 되지 않으면 무리수를 둬서라도 이뤄내야 직성이 풀렸다. 하지만 지금은 '비로소 반납해야 할 삶을' 반추하곤 한다. 그 역시 지천명을 넘기고 이순을 향해가는 나이이기에 세상을 보는 눈이 한결 순해졌다. 굳이 논어를 말하지 않더라도 하늘의 뜻을 알고 성숙한 판단으로 남의 말에 귀 기울이다 보면 내가 바라보는 세상은 다른 빛깔로 열릴 것이다. 애드가 엘런포우는

"인생은 자신의 본성을 알아가는 과정이 아니라 자신을 창조해 가는 여행"이라고 했다. 시행착오의 과정을 거쳐 이순에 가까운 눈을 가짐으로써 진정한 생의 창조를 이뤄갈 수 있지 않을까. '견고한 담장에 맡긴 헐거운 생'이 바로 여유와 여백의 몸가짐이다.

「곰탕」에서도 그런 여유와 유머는 묻어난다. "애비야 곰탕 한 솥 끓여놨는디 우짤끼고/ 올 거 같으모 비닐 봉다리 여노코/ 안 오마 마카 도랑에 쏟아 부삐고" 아들이 보고 싶은 노모의 억지에 미소를 짓게 된다. 곰탕 한 그릇이 뭐라고 '세 시간을 달려' 경북 봉화까지 달려가는 아들의 모습이 눈에 선하다. 이 부분 역시 효도라기보다는 여유와 순응으로 읽어야 마땅하다. 예전 같으면 "마 쏟아 부삐소. 바빠 죽것는데 곰탕 한 그릇 무로 거까지 우찌 가요?"하고 단박에 전화를 끊었으리라 하지만 지금 시인에게도 슬하의 자식이 다 장성했다. 세월은 사람을 이렇게 변화시킨다. '묵처럼 굳은 곰탕'이 우리네 인생이 아닌가. 푹 우려낸 곰탕도 시간이 지나면 묵처럼 굳는다. 그러나 그 정성에 불을 지피면 다시 뜨끈한 한 그릇 곰탕으로 되살아난다. 추억은 묵처럼 굳어 있는 존재이다. 굳어 있는 세월에 불을 지피면 추억은 과거에서 곧바로 현재로 살아온다. 이 나이에 쓰는 시는 추억 소환장이다.

5. 민창홍 · 이달균 - 생을 바라보는 제의 혹은 찬사

죽는 것도 교육이 필요하단다
학창시절 지독하게 하기 싫었던 공부
다시 시작하는 날

미술관 이곳저곳 허둥대던 은행잎 따라
화령전 작약* 앞에 섰다

운명 같은 사주가 정말 있는 것일까
강물에 자식을 실어 보낸 수원댁의 푸념
생각나지 않는 친구를 꽃 속에서 떠올리게 되고

화려한 작약과 전각
적록의 강렬한 색채가 당기는 힘
이웃 그림들 사이에서 당당하다

죽고 싶어도 쉽게 죽을 수 없고
살고 싶어도 쉽게 살 수 없는
밤이 아직 멀리 있는 노을 앞에서

산사의 추녀 끝에 혼자서 흔들리는
풍경 같은 조명 아래
작약은 향기를 내지 못한다

앞서가던 그대가 저만치서 뒤돌아보며 들려준
너스레로 머무는 실루엣 같은 삶
좌충우돌 정열의 꽃이 되고 싶었을까

아무나 출입을 허락하지 않는 곳에
나의 것 하나둘 버리는 연습
화령전 앞 작약, 너무 많이 피어서 슬프다
　　　　　　　　　　　　　– 민창홍 「웰 다잉Well dying」

　웰 다잉Well Dying은 의식 있을 때 자신의 죽음을 준비
하는 행위를 말한다. 물론 죽음 앞에서 쉬운 결정은 없
다. 하지만 담담히 죽음을 준비하는 것은 생에 대한 마
지막 제의이며 찬사라는 생각이 든다. 가까운 누군가가
웰 다잉을 준비하고 있을 때 수원댁은 나혜석의 그림전
에 와서 '화령전 작약'이란 그림을 보고 있다. 시 속의 주
인공으로 수원댁이 등장하지만 독자인 나는 왠지 수원
댁 보다는 시인 본인으로 치환시켜 읽고 싶다. 이 시의
소재로 차용된 '화령전 작약'은 여러 가지로 의미하는 바
가 크다. 우선 우리는 소설처럼 살다간 나혜석의 생애를
떠올리게 된다. 지식인 신여성의 대명사로 알려졌지만
최후는 무연고 행려병자로 쓸쓸히 생을 마감했다. 누구
보다 자의식이 강했고 자신의 의지대로 살았다지만 과
연 그녀는 차분히 죽음을 준비했을까. 또한 화성행궁 근
처, 정조의 어진御眞을 봉안奉安하고 제사를 지내던 '화령

전'의 모습을 떠올리게 된다. 지금이야 사적으로 지정되어 자치단체의 충실한 관리를 받고 있지만 그림을 그린 당시만 해도 이곳은 퇴락한 역사의 장소였으리라. 그 퇴락한 뜨락에 핀 작약의 화려한 자태라니. 그 대비가 너무도 선명하다. 시인은 그림의 처연한 대비처럼 임박한 죽음과 '밤이 아직 멀리 있는 노을 앞'의 찬란한 생의 대비가 너무도 극명하다.

「패러글라이딩」은 무지개를 잡지 못한 실패한 청춘에 관한 보고서다. '날지 못하고 계속 추락하는' 날들이 바로 우리 범인들의 생이 아닌가. '한 번도 패러글라이더를 등에 매보지 못하고 흰머리 날리면서 단양 팔경을 바라보'는 행위의 되풀이가 그것이다. 쉽게 포기할 수는 없었다. 그러나 민창홍도 벌써 이순에 닿았다. 세월 앞에 장사 없듯이 집착에서 놓여날 때가 되었음을 짐짓 알려준다. "몸무게를 줄이면 날 수 있을까// 겨드랑이털을 키우면 날 수 있을까// 잔 위에 고여 있는 욕망을 걷어내면 날 수 있는 것일까// 맥주잔 속에 침몰한 꿈의 잔해는 30년 동안 생각의 무게에 눌려 있었던 거야 우리는 거품을 걷어내고 맥주를 마시기로 했지" 30년간 눌려 있던 생각의 무게를 어느 날 걷어내고 시원한 맥주나 한 잔 마시겠다는 다짐이 결코 쉽게 얻어진 것은 아니다. 웰다잉을 결심하기까지 세월이 필요했듯이 자신을 지배한 꿈을 슬며시 내려놓는 일도 곧바로 얻어지진 않았다. 시인은 패러글라이더를 내려놓으며 포기는 결코 절망이 아니라 새로운 창조를 위한 준비라고 말해준다.

　　그래, 좀 전 올린 생선 이름이 무엇인고? 본서방은 안 주
고 새서방에게 준다하여 세간엔 새서방고기라 부르기도
하더이다

　　실하고 맛도 좋은데 이름이 좀 그러하다 수라간 평선이
가 잘 구워 올렸으니 고이헌 이름 대신에 '군평선이'라 부
르거라

— 이달균 「난중일기 15-군평선이」

　개항 100년의 도시 마산에 살다가 통제영 300년의 도
시 통영에서 9년 가까이 살아보니 많은 차이를 느낄 수
있었다. 그 덕분에 「난중일기」 연작을 시작했다. 이 시도
그곳에서 살지 않았다면 얻지 못했을 것이다. 물론 세간
에 떠도는 생선 이름이야 어디서든 들을 수 있겠으나 통
영에서 만난 이름은 조금 특별했다. 임진·정유 난을 생
각하면 통제영과 통제사를 쉽게 떠올리지만 기실 그곳
에 기대어 살던 수많은 민초들은 종종 잊고 산다. 그들
은 그 흔한 비석이며 책자에도 이름 한 자 거론되지 않
는다.

　격군은 노를 젓는 군사를 일컫는다. 대첩에 사용된 거
북선과 판옥선의 전진과 후진은 이들 격군들이 없으면
상상조차 할 수 없다. 그러나 이들을 위한 글 한 줄이 없

다. 어디 이들뿐인가. 열두공방에서 생필품과 병장기를 만들던 이들, 일용할 양식을 운반하던 이들, 성을 쌓고 수리 보수하던 이들 모두에 대한 기록은 거의 없다. 연작시 「난중일기」는 그들에 대한 관심으로부터 비롯되었다.

위에 인용한 시는 '군평선'이란 생선 이름을 통제사가 들은 것으로 간주하여 써 본 작품이다. 언젠가 발표한 「만지도」라는 작품에선 '뱃년똥닭개'란 시어가 등장한다. 우연히 들은 말이지만 통영에서 들으니 각별해 보였다. 두 내외가 뱃일하다가 뒤가 마려워 뒷일 보고 난 후, 종이가 없어 떠내려오는 해초로 닦았다고 하여 이런 이름이 붙여진 것으로 유추해 본다. 시란 일상 속에서 얻어지는 경우가 많은데 이렇듯 바다를 끼고 생업을 하는 곳이기에 이런 소재를 얻을 수 있었다. 그래서 민초들의 얘기가 더욱 정겹다. 책 한 권을 계획하고 있지만, 급히 쓸 것은 아니고 차츰차츰 편수를 늘려가면서 연작을 완성해 가려 한다.

6. 아직도 '하로동선'은 유효하다.

'하로동선' 4집 해설을 쓰면서 세월의 무게를 실감한다. 1집을 준비하던 때가 엊그제 같은데 벌써 4년, 날 수로 1,460일이 흘렀다. 가급적 신작 10편을 발표하되 여의치 않으면 근작을 싣는다는 원칙을 고수해왔다. 지금은 동인의 시대가 아니다. 동인은 발표지면이 부족할 때 십시일반 하여 동인지를 내고, 치열한 토론을 통해 공통의 지향점을 찾아갈 때 당위성이 형성된다. 지금은 문학잡지도 많고, 지원금도 받을 수 있다. 하로동선의 시인들은 원고청탁에 목마른 시인들이 아니다. 그런데 왜 동인인가? 이런 시대에 시는 어떻게 기능하는가? 인류는 언제나 문자와 함께해 왔다. 그런데도 불구하고 지금은 동영상과 청음의 파급력에 미치지 못한다. 시는 이미지로 승부한다. 그러나 지금은 언어의 회화성을 말하기도 전에 태어나면서부터 영상에 익숙해져 있다. 그러므로 유미적 언어에 기댈 필요가 없어진다.

역설적으로 이런 시대이므로 우리는 동인을 한다. 『시와생명』이란 계간문예지를 펴낼 당시에도 우린 그런 당위성을 말하며 출범시켰던 것이다. IMF라는 거대한 경제 침체의 회오리가 닥칠 때 우린 정신의 가치를 더욱 고양해야 한다는 생각이었다. 그와 같이 이 시점, 문학의 위기에서 거꾸로 '하로동선'의 존재가치를 말하고 싶은 것이다. 이 말에 동의를 구할 필요는 없다. 그러나 "왜?"라고 묻는 이들에게 대한 대답은 될 것이다.

이번 호에 함께 하지 못한 동인은 다음 5집엔 꼭 참여해 주기를 바란다.